十个春天

刘兰珍 著

敦煌文艺出版社

图书在版编目（CIP）数据

十个春天 / 刘兰珍著. -- 兰州：敦煌文艺出版社，
2024.11 -- ISBN 978-7-5468-2597-7

Ⅰ．I227

中国国家版本馆CIP数据核字第2024SQ7034号

十个春天

刘兰珍 著

责任编辑：尚晶晶
策划编辑：徐　淳
封面设计：张金玲

敦煌文艺出版社出版、发行
地址：（730030）兰州市城关区曹家巷1号新闻出版大厦23楼
邮箱：dunhuangwenyi1958@126.com
0931-2131552（编辑部）
0931-2131387（发行部）

兰州银声印务有限公司印刷

开本 880毫米×1230毫米　1/32　印张 10.625　插页 2　字数 90千
2024年11月第1版　2024年11月第1次印刷

ISBN 978-7-5468-2597-7
定价：49.00元

如发现印装质量问题，影响阅读，请与出版社联系调换。

本书所有内容经作者同意授权，并许可使用。
未经同意，不得以任何形式复制转载。

序

唯有真情可以动人

李立屏

说到诗,有一个人是我诗歌路上全程的见证者、支持者、鼓励者,不用说,这就是刘兰珍教授。

当我还是武汉大学学子的时候,刘兰珍老师就是我们的辅导员,而我的诗歌创作之路,也正是从那时候开始的。

初写诗歌,难免会有青涩,那时候刘老师便是我的鼓励者、支持者。她当时并不写诗歌,但她对诗歌的积累和独特见解让我印象非常深刻,这在她后来《休闲唐诗鉴赏辞典》对一些唐诗的经典赏析中得到了充分的体现。

刘老师本科是德语专业,后来读了新闻传播学,再到德国访学,她见识广泛,学识渊博,但我对她最初在文学上的印象,还是她的随笔、散文和游记。

记得朱光潜先生说过:"我相信文学到了最高境界都必定是诗。"所以,对于刘兰珍教授在十年前开始进入一个诗歌创作爆发期,我一点也不意外。

这大概就是她厚积薄发最终完成这本诗集的由来。

刘老师开朗、善良、热情、真诚,人诗互证,这在她的诗歌中得到了充分的体现:

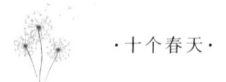

年轻而淡定的牙医微微一笑：
人当然还是要保持觉知的能力
可我　宁愿选择麻木
因为痛苦　太痛了
(《根管治疗》)
"因为痛苦，太痛了"，这是哲理。

愿此刻在花下
与你相遇
向每一朵花微笑
和每一朵花有缘
(《在梅边》)
这是美好。

是它们忘了季节
还是　从此不再醒来
一如　安睡在故乡的你
(《路旁的春天》)
这是怀念。

没有爹娘的呼唤
夜行的人终究

不是夜归人

(《夜归》)

这是遗憾。

愿　它带来的　都是好消息
愿　新的春天　如她的信使
热烈　缤纷
我庄严的国土
有情的人间
(《风信子》)

这是祝愿。

古罗马诗人奥维德在他的《爱的艺术》中提到：你的文体必须自然，你的词句必须简单，可是还要婉转，使别人读你这封信的时候，好像听到了你的声音。

刘老师的诗歌，正是印证了这一点，她的文字自然流畅，不晦涩，亦无矫揉造作，读者所见，即读者心里所想，除了诗意盎然，还有真善美。

唯有真情可以动人，这是我反复拜读刘老师这本诗集的深刻感悟。

序言作者：李立屏，笔名中国阳光，著有诗集《我比春天温暖》《青麦》《滴穿》《结香》等。

目录

2015 春雷初放

听春雷	003
雨中赏梅	004
根管治疗	005
风过花亭湖	006
夜之穿越	007
山中七夕	008
在山中	009
老外婆	010
秋虫呢喃	012
结香花	013
客宿潇湘	014
枯荷	015
好久不见	016
雾霾的冬晨	017
在江堤上散步	018
一场半途而废的雪事	019

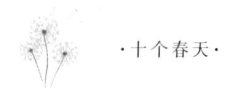

2016　春在梅边

立春夜	023
在梅边	024
无能为力	025
过客	026
正月十五夜月	027
春天，依旧盛大	028
青春，有一颗小虎牙	029
故乡已故	030
菜花田	031
看牡丹	032
江汉平原的风	033
夜之蛛网	034
路旁的春天	035
健康美好地活着	036
外婆的煮鸡蛋	037
晚　秋	039

2017　春雨横塘

春天的声音	043
顺其自然	044
夜行列车	045
夜　航	046
净　空	047
王子的城堡	048
漂洋过海来看你	049

目录

关于北极光	050
夜宿云台山	051
二过司空山	052
夜　归	053
母亲，请原谅我	054
中转·延误	056
雨　夜	057
四月十七夜望月	058
芒　种	059
五月天	060
南来风	061
虞美人	062
今夜，我在金银滩	063
天空之镜	064
百里花海	065
一片红桦树皮	066
黄河之水贵德清	067
过乌江遇彩虹	068
天坑地缝中胡思乱想	069
又见彼岸花	070
桂花雨	071
圣彼得堡的雨	072
我只是在异国短暂游荡	073
十月的孩子（一）	074
路边旅馆等孔雀开屏	075
艾尔斯巨石	076
爱丽丝泉：异乡的夜雨	077
奥古斯塔港向西的河流	078

在埃斯佩兰斯的幸运海湾　　079
当年您离开故乡的脚步声　　080
雪夜虚构　　081

2018　春风扑面

春天，扑面而来　　085
雨水，等春风解冻　　086
最美是初见　　087
烟雨桂林　　088
漓江之上　　089
印象刘三姐　　090
因为故乡　　091
父　亲　　092
谷雨，让青蛙回到蝌蚪　　093
荷包牡丹　　094
送　别　　095
三过司空山，遇大雨　　096
巴山夜雨　　097
姐姐们的城　　098
我的三十年　　099
过　江　　100
楼顶·种菜　　101
风过荷塘　　102
暴风雨天气，只谈妖精　　103
涨　潮　　104
反　向　　105
月夜望泰山　　106

禅庐一夜	107
中秋夜	108
国庆节，在一棵桂花树下睡觉	109
紫鹊界	110
十月的孩子（二）	112
西江苗寨：凡间灯火	113
西湖山水	114
爱晚亭	115
君幸酒	116
郴州踏莎行	118
时　光	119
风信子	120
雪花飞	121
岁末清晨大雪	122

2019　谢交之春

这个春天，带着人间烟火的味道	125
下福州：做个有福之人	126
大寒里，酝酿着新春	127
青城山下白素贞	128
迪拜塔	129
云上东升	130
邓丽君的下午茶	131
倒春寒，仿佛冬天留下的孤愤	132
车过田野	133
感受春天	134
老　桥	135

势不可挡的明亮	136
春分之后	137
夜之樱花	138
落　樱	139
观熔岩流	140
芒种，开到荼蘼	141
夏　至	142
南山之南	143
听见故乡从前的雨	144
长夏夜·听雨	145
星辰大海	146
惠灵顿百年故事展	147
红　岩	148
彩虹之下	149
一些记忆，犹未封存	150
菩提树种子的舞蹈	151
老师，好看的花朵还在开	152
阳光透过玻璃花窗	153
布鲁日的雨	154
给华夫饼加点黑巧克力	155
大雁从风车上空飞过	156
如果世间真有桃花源……	157
一切都在，唯时光不再	158
在衡山虚度时光	159
国庆节闻稻香	160
九月初六的月牙	161
秋雁掠过黄昏天幕	162
庸常的午后	163

· 目录 ·

十月初三夜，登知音号	164
11月11日，深夜下起了小雨	165
一片法国梧桐叶	166
初　雪	167
冬至夜	168

2020　错过春天

这个春天，赋予生命特别的成长	171
下广州：向暖时总觉人生美好	172
雪雹交加	173
待春归	174
错过的春天，会回来	175
春分夜	176
春天的幻有或幻无	177
植树节，扦插一根桃树枝	178
暮春，是给你的诗	179
雨打荷叶	180
喧嚣的大雨，曾是沉默不语的云	181
遗爱湖	182
英仙座流星雨	183
正　午	184
墙角烧纸的人	185
微　醺	186
心爱的事物，依然自顾自美丽	187
玫瑰酱	188
桂花开时，无法选择天气	189
在月牙泉	190

在阳关	191
在戈壁滩捡到两块平平无奇的石头	192
在胡杨林	193
徽州梦	194
晒　秋	195
月　沼	196
秋天最后的夕阳	197
杜院长的啤酒	198
初雪了无痕	199

2021　春风十里

看见春天新鲜的精神	203
小梅岭	204
又见梦冬花	205
初三夜上弦月	206
看　展	207
雨水时节，种土豆	208
听地铁站名的遐想，无关汉阳	209
访知音公园	210
落樱如雨	211
惊蛰下雨	212
清明雨	213
花不语	214
芒种·在陶岔	215
花落的意义	216
告　别	217
死亡这件事	218

目录

一位老式妇女的人生轨迹	219
听鹡鸰歌唱	221
亲爱的大奔和小米	222
给简丹：珍惜这活着的肉身	223
立夏，还有好看的花开	224
水蓝路公交车站	225
听取蛙声一片	226
冰　雹	227
成都下雨了	228
宽窄巷子	229
像大熊猫一样活着	230
一笑美千年	231
太阳雨	232
立　秋	233
七夕，被遮蔽的英仙座流星雨	234
九月一日，又见彼岸花	235
白　露	236
秋　景	237
白头之下	238
淋湿杜工部的，是冰冷的秋雨	239
天空是蔚蓝的自由	240
天　路	241
过海子山	242
关于浣花溪的想象	243
过康定城	244

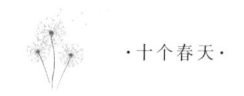

2022　寒尽春回

阳光洒满新的春天	247
初一梦话	248
等雨成雪	249
重读《苏东坡新传》	250
初五，接财神	251
糖水鸡蛋	252
元宵节，出太阳	253
雨夹雪	254
与万物一起荣枯	255
春　谢	256
湖边柳	257
春风起	258
春雷动	259
春分，不再纠结新旧更替	260
春　眠	261
春花开，见文波	262
三月，依旧是美好的春天	263
再见，亲爱的老师	264
松柏镇遇雨	265
木鱼镇的白云	266
大九湖晨雾	267
神农顶	268
路过昭君村	269
云海浩荡	270
海市蜃楼	271
葡萄未熟	272

沙尘暴	273
交河故城	274
可可托海没有海	275
边城布尔津之夜	276
喀纳斯蓝	277
拜访"可克达拉"	278
魔鬼城日落	279
像薰衣草一样	280
那拉提草原的野花	281
出　门	282
冬　至	283

2023　桃李春风

在这个春天，用力地自由呼吸	287
东湖观日落	288
见初雪	289
乡野深冬	290
沙坡头，沙坡尾	291
鼓浪屿	292
想你，在一纸时光里	293
路过春天的原野	294
金山寺不是那个金山寺	295
过常州	296
老同学	297
童年时听过的地名	298
风吹云动	299
湄公河日落	300

布　施	301
梅雨季	303
东方山听雨	304
遇大雾	305
路过秋天的田野	306
山中夜行	307
电单车	308
初雪，来得比往年突然一些	309

2024　春意绵延

这个春天，要更从容	313
寒雨，还要下一会儿	314
他带走的，还有我们看球的青春	315
火　苗	316
大寒，要克服人间至冷时刻	317
春天前夜，雪雹交加	318
再见与再也不见	319
初五，是个好日子	320

2015　春雷初放

听春雷

这个春天

在夜晚

春雨潇潇

春雷震震

天地之间

喜庆之外

又多了震撼

多好

雨润万物

天地正气

舒心中郁结

消人间困顿

庄严国土

利乐有情

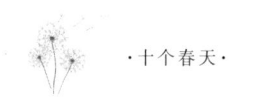

雨中赏梅

年少时
想有人　青春作伴
踏雪寻梅
眼眸明亮

到如今
一梅相伴
微雨独立
倒也悠然

根管治疗

张着嘴　躺在治疗椅上
僵硬　恐惧　若涸辙之鱼
并没有上次锥心欲死的痛
因为里面的牙髓　即牙神经
已被取出

我闭眼　问出一个烂俗的问题
人　到底是保留着敏感的神经
感知并承受痛苦的好呢
还是去掉这根神经
无痛苦无滋味也无需体验尝试的好
年轻而淡定的牙医微微一笑：
人　当然还是要保持觉知的能力
可我　宁愿选择麻木
因为痛苦　太痛了

风过花亭湖

月亮　升上西风山顶
花亭湖　被月光洒满
时间在变慢　适合思索
何人初见月　月何时初照人

忽然　风从湖面来
屋檐高悬的铁马
凛凛敲击　如棒喝
惊醒了纷飞的思绪
这样的夜晚
当收回妄念
枕着月光　听风吹铁马
在花亭湖畔　独眠

夜之穿越

窗帘　绝对值得称赞
它阻止了所有企图乱入的光线
于是　夜重回它纯粹的黑
陋室被虚空消解
床榻沉沦　万籁俱寂
躯体张开蝶翼
在无边无际里漂浮
混沌初生
灵魂逃遁

山中七夕

入夜　山头是黑色沉默
我们看向无尽虚空
看见北斗　看到银河
还有河两岸分离一年的亲人
星群闪烁　如发光的宝石雨

夜风吹拂　夜凉如水
坐在堤岸　浸泡在宁静中
看银河伸向无尽远方
看流星一次次划过天幕
此生　应同一人
在山中天荒地老
一起抬头　仰望星空
习习凉风　流萤环绕
忘却前缘　抚慰风尘

在山中

在群山中　默默穿行
夕阳下　满眼都是青山
浓浓淡淡　墨一样
望不断的群山　没有人迹
只有山风　抚过深林
只有蝉鸣　和着流泉
突然觉得　应迷失在深山中
忘了来时的路
忘了归去的路
就在这无名的山中
捡拾　山山岭岭
落叶的轻愁

老外婆

又梦见　我的老外婆
她粗糙的手　温热
轻抚我的额头
梦见她昏黄的目光
慈爱地瞧着我
喃喃自语：
可怜的没娘的孩子

也曾梦见
外婆　终于找到了
她心心念念的家乡
和失散的幼弟
梦中　她有一大堆
侄儿侄孙哭着笑着
迎接她的归来
在梦里　我笑出了声

我还梦见

在寒冷的月下
外婆目送我上学
高瘦的身影　灰白的发
灰色的粗布衣裳
我走出很远
回头　她还在路口
对我挥着　她送别的手

我亲爱的外婆啊
您走了那么久
那么远
却从未走出我的梦

秋虫呢喃

窗外　一只秋虫
细细地　软软地
呢喃
这秋夜
温度正好
暖暖的　软软的
空气中　还残留着
迟桂花断断续续的香气

听秋虫呢喃
心也暖暖的　软软的
纵有千般秋思
都付与夜色无边了

结香花

是谁　把梦里心事说给它听
然后将梦
与这无辜花木
打成解不开的结
丢在旷野　任凭凋萎

有多少树的纠缠
就有多少梦在此封存
有多少人别梦依稀
夜里就有多少
婆娑且黑色的眼

客宿潇湘

他们都睡了　你还醒着
在客舍听雨
冬至的雨　一直落到平安夜
淋湿了柳宗元和捕蛇者
却落不满　日渐消瘦的潇湘

总有远方下雨的消息
其实　远方可能是一个逻辑错误
谁在远方　哪里是远方
是三面环山的小镇
还是夜雨侵袭的老城
离开故乡的人
没有远方　只有他乡

枯　荷

渐渐地　心底有了些风霜

渐渐地　心底的风霜漫到了脸上

秋日安静　水杉的气根

像无欲的佛陀

看若有若无　细细的波纹

突然　鱼儿跃出

惊破了静谧

一圈一圈

渐弱渐远的浪中

片片枯荷

像极　又一季

虚度的光阴……

好久不见

好久不见　远远地
我看见更厚的雪
覆上你的发
如秋草被褫夺了阳光
春山忘了季节

曾想过　在彼此发间踏雪
奈何　风吹得落花如雨
江湖渐远　人间日冷
他年忆起　可道一声
好久不见

雾霾的冬晨

雾霾的冬晨
环卫工　装修工　擦鞋匠　扁担工
跑外卖的　送快递的
拉板车的　捡破烂的
……
地铁站旁的糯米包油条
街角的茶叶蛋和烧饼
匆忙的身影
像浓重的雾霾
讨生活的人们啊
哪有闲心抱怨
天气不佳　寒风太凉

在江堤上散步

毫无遮挡的江堤

河床袒露

鸟　在枝杈上留下空巢

冷风　漫无目的地吹着

我扔出一块石头

它没有滚落到江中

却惊起　不远处

一千只鸭子

一起叫唤

一场半途而废的雪事

向晚　风携来雪的消息
我准备好全部心情
期待在所剩无几的冬季
赏一场盛大的飘雪
柴门犬吠　踏雪寻梅
雪山飞狐　原驰蜡象

雪花　却像一场恶意的谎言
一阵虚张声势之后
消于无形
风收雨住　圆月新出
这一场半途而废的雪
只留下　淡淡狼藉

2016　春在梅边

立春夜

这个春天　要来了
一直坐等着
怕错过她温柔的敲门声
错过她蜡梅味的呼吸

但　什么都没有发生
水仙花依然含着苞
小鸟鸣叫时
人就睡下了
又错过了旭日初升

在梅边

立春了
阳光是暖的
风是暖的
水也是暖的
梅花吐着清香
春光里散发着美好
大年初一
愿此刻　在花下
与你相遇
向每一朵花微笑
和每一朵花有缘

无能为力

或许

我们可以驻颜有术

假装人格完美

心如磐石

但面对三件事

谁都无能为力:

逝去的时间

消失的生命

以及

长了翅膀的缘分

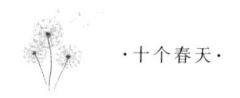

过 客

高铁

穿透一串城市和乡村

带我们到达某一个目的地

就这样

经过许多座城和镇

多半时候

于我们而言

它们只是车窗外的地名

而到达

也不是永恒

终点

需等到尘埃落定

正月十五夜月

一回新春月圆　让三百六十五次
日夜交替的暗语　从此失效
昨夜的雨　减损了你的清辉

十二次旧年月出
三百六十五里路途
有人来过　有人离开
远处　烟花喧闹
与我无关　却让我
更爱　你微光笼罩的万家灯火
因为　今夜的月　是新的
今夜　新鲜月光浸润的我
也是新的

春天，依旧盛大

没有你的目光注视

春天依旧盛大

你看　屋顶的樱花

水边的油菜

山上的嫩芽

它们都在宣说　勃勃生命

和　灼灼春光

还有　你看不到的

风儿掠过时的

花朵轻颤

以及　树根里深藏的记忆

青春,有一颗小虎牙

某天　谈笑间
望见故人
露出一颗可爱的小虎牙
一时恍惚
三十余年　江湖久远
面孔逐渐模糊　逐渐改变
一如当年夏日的码头和车站
偶尔　会浮现出那颗小虎牙
仿佛
曾是开启懵懂青春的密码

故乡已故

隔着车窗

外面的世界很平静

往后看　那本该是我故乡的方向

但故乡已故　成了符号

不见了父辈的老樟树

往前看　是我将要回归的地方

如此拥堵　仿佛永远无法抵达

来处　去处

从眼前一闪而过

我的故乡

别人的家乡

权且都叫作风景吧

菜花田

有了油菜花

田野便有了明亮的色彩

乡村不再令人沮丧

大自然

充满喜悦与生长的力量

油菜花田里

蜜蜂忙碌

就连农人的一脸沧桑

都妩媚动人起来

看牡丹

一些花枝老去

一些花枝在吐新

不触碰你雍容华美的昨天

不想你红颜委地的明天

我知道　你我都将凋零

姹紫嫣红开遍

终是镜花之缘

梦幻之身

但此刻　我只想

拼尽所有的热情

在你的国色天香里

做一回贪花之人

解释春风　相看倾城

江汉平原的风

二十多年间　每到江汉平原
春风最柔和时节
你总是带着我们回来
你细细地告诉我
哪块石碑属于哪位祖先
你摇过橹的湖汊　耕种的土地

现在我们回来了　是看你
江汉平原的春风
吹拂过你七十五年
如今它掠过你还算新的坟茔
掠过麦田　油菜地
和沉默的　我们

夜之蛛网

这黑夜　是雨的无边大网
闪电　将它撕开又合上
雨网里　我吐丝结成的网
毫无遮挡

这旷野　空寂而喧嚣
栖身在摇摇欲坠里
我已无力
揽雨成丝　等待天明

路旁的春天

灰喜鹊　一对对飞起
麦苗早已返青
油菜花明晃晃地黄着
破碎的土地
努力点缀着自己

唯有路旁的杨树
枯瘦着没有消息
是它们忘了季节
还是从此不再醒来
一如
安睡在故乡的你

健康美好地活着

我知道　在我不了解的世界里
你经历了很多沧桑
但你依然说
要健康美好地活着

健康美好地活着
是我们给彼此　给未来的礼物
我们　要活得让现在的我们
感到欣慰　甚至嫉妒

所以　今后的日子里
不管天阴下雨　我祈望
远方的你　怀一份衷肠
健康美好地活着

外婆的煮鸡蛋

记忆里　是冬日寒冷的早晨
我在粗布被窝里　睡懒觉
我的老外婆
轻轻走进来
往我露在被窝外的手心
塞两个热乎乎的煮鸡蛋

那是只属于外婆的
煮鸡蛋的滋味
是童年最美好的记忆
也是长大后
煮鸡蛋时　心头泛起的
淡淡的忧伤和感动

外婆走了许多年
不知道她苦难的灵魂

如今飘到了哪里
无处诉说　绵长的思念

今晨　熟悉的煮鸡蛋味道
叫我明白
我的外婆　从未离开
只要我活着
外婆就不会走远
即使我死了
她也会活在　我的灵魂里

晚　秋

叶　在风雨中凌乱
我　却未感觉季节已老
因为　时光不老
它无来无去　不增不减
只是　它不动声色
以几度寒暑　就把我们
漂旧了

所以　亲爱的
不怨樱桃和芭蕉
抑或暗夜的虫鸣
趁寒潮未到　跟随北雁
寻温暖一隅
扫红叶　煮清欢

2017　春雨横塘

春天的声音

这个春天　太阳出来了
这是新春的第一缕阳光
鹧鸪叫了
这也是新春的　第一声鸟鸣
推开窗　冷风吹动寒意
也要迎接这阳光　这鸟鸣
而这风　也是从春天吹来的

每一缕阳光　每一声鸟鸣
每一阵风吹　每一滴雨洒
每一轮春秋　每一个当下
每一回遇见　都要珍惜
因为每一次
都是一去不返的　缘

顺其自然

有人说
猴年马月都没能实现的
就不用再妄想

于是
我打开冰箱
让那只蝴蝶冬眠
并对它说：
喏　顺其自然

夜行列车

从缝隙溜进来的月光

打在车厢壁上

明明暗暗

掠过北方的村庄

黑暗　静默

意念　如铁轨奔腾

旋生旋灭

旋灭旋生

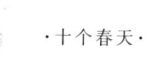

夜　航

在三万六千米的高处

除了虚空　除了苍茫

除了零下五十七摄氏度的寒冷

一无所有

可肉体

依然沉重

太空　与黑夜一样

广袤无垠

灵魂

却被禁锢

在这孤独大鸟的腹中

净　空

日出之前
一万米之上
无尽湛蓝
虚空中
无边白云
是唯一的存在

机翼　划破巨大的寂静
贪婪的目光
不舍一瞬的离开
想放逐灵魂
融化在蓝与白
深邃的无涯里

王子的城堡

在海之一隅

古老城堡　遗世独立

云是暗沉的

我想象　黄昏时分

王子的灵魂

会和海鸥一起

在城堡四周

在欧尔松海峡上空

飘荡　裹挟着

海风一般的尖利

仿佛是他苦思的回响

如血残阳

是奥菲莉雅[①]的胭脂泪

[①]奥菲莉雅（Ophelia）为莎士比亚戏剧《哈姆雷特》中的人物。

漂洋过海来看你

寒冷清冽的阳光
照着朗厄利尼海滨① 清浅的海水
打在美人鱼细长的尾巴上
海水蓝如古镜
她蠊首微垂 平静孤单

为着数十年前为你流下的泪
我真的漂洋过海来看你
看你为爱情献身的模样
可海的女儿 你如此弱小
如何担得起自我牺牲？
海水如此深沉
为何你背朝大海
不肯回看你的故乡？

---

①位于丹麦哥本哈根。

关于北极光

对遥远而神秘的事物
我们愿意保持美好的想象
所以　当一道道
若有若无　稍纵即逝的蓝绿色
在拉普兰的夜空逶迤而过
夸张的欢呼之后
每个人都仰着头
期待下一道更绚烂　明亮
天空归于沉寂　我们心有不甘
北极圈　深沉的苍穹里
颗颗星斗　团团星群
如硕大宝石　伸手可摘
巨大无边的寂静是宇宙的颜色
眼前和远处的橘黄灯光
都是独一无二的风景

夜宿云台山

九点半
嘹远的唱诵和鼓声
准时停歇
空山和寺院
和夜空一样　突然沉寂
客舍里　一盏孤灯
照得我
明明灭灭
在这人世间
我并非名利客呀
为何此时
竟起了如许的乡愁

二过司空山

还是
这座山
这些人
这片田野

从秋天　到春天
流逝了一些日子
飘走了山头的云

田野　年年返青
人　年年老去
这山
何年得空

夜　归

没有了故乡的人

趁着黑夜赶回故乡

奢望陪伴已不在世上的爹娘

坐在小方桌边　吃饭

亲热地聊天

三月初四的夜空

一瓣月牙儿

以及一两颗星斗

可黑夜太深邃

没有爹娘的呼唤

夜行的人　终究

不是夜归人

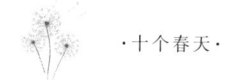

母亲,请原谅我

母亲　请原谅我
始终没有勇气看你一眼
在他们打破你五十年的沉睡
让你重新回到这个世界
想见你的模样
是我几十年来梦里的愿望
可我　不能容忍
让我对你容颜的想象
定格在几根白骨之上

母亲　请原谅我
在重新覆盖你的黄土上面
没有洒下一滴眼泪　我不愿意
让比现在的我年轻许多的你
因我的泪而有所牵挂

母亲　请原谅我
始终没有叫你一声妈妈

这世间发音最简单

却最温暖的字眼　梗在喉头

五十年　即使在梦魇之中

也从没有冲出舌尖

母亲　请原谅我

没有回头　再多看你一眼

我害怕　如果我回头

会看到黑发且挺拔的你

站在光秃秃的山峦

目送白发的我

走进早已消失的炊烟

母亲　请原谅我

为这太过仓促的一世缘……

中转·延误

到达三万英尺的高空
以为是自己摆脱了引力束缚
身体力行　跨越千山万水
去看想象的远方

轻飘飘　窗外无根的云团
目的地还在远方
只是出发时的阳光灿烂
变成了途中湿漉漉的阻滞
或许　旅行的最好方式
是不需要目的地
让远方留在远方
才能保留想象中
美好的模样

雨 夜

一整夜
这雨依然不肯停歇
喧闹　潮湿

莫不是　梅雨季节到了
没听见横塘蛙声
也不知哪棵树上有梅子
窗外歇着的斑鸠
被打湿了羽毛

暮春之夜　只有雨
没有闲愁
如果有　大概也已发霉

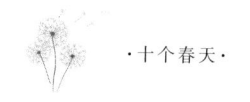

四月十七夜望月

我在月下　浇水
在我头顶之上
月光可能也照不到的深处
有最深沉持久的爱恋
想象　八十天之后
他们将重新相见
跨过最遥远的距离
回忆他们千万年之前的
男耕女织　安心田园

金风玉露相逢
胜却人间无数
我被自己的想象感动
这夜月　浸泡着我的影子
心中的爱恋渺小朦胧

芒　种

带芒刺的作物
有些将成熟　有些要被播种
我已看到　萤火虫飞过的
夜的田野　滚动着碧浪

螳螂将展示　妖娆的寓言
蜻蜓要拜访
带着露珠的尖尖小荷
蝉要破土而出
在碧树间　为仲夏代言

芒种　忙碌
仲夏　认真且丰盈
为秋天　准备金黄的喜悦
不负相望

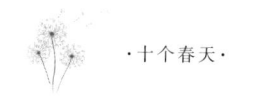

五月天

布谷鸟的叫声里

麦穗在丰盈

万物温婉

拔节　生长　开花

五月

有热烈的表达

只是

风　一路向南

不肯停息

误了五月的花期

南来风

今夜　在故乡
如果有风
风定是南边来的
它飞越海峡
吹拂
花开的五月天

爱这　南来的熏风
即使短暂停留
愿以夜夜无眠
换今宵
温柔拂面

虞美人

天要黑了　园中游人渐渐空了
于是　植物园中
花草与树木　种子与果实
飞鸟的身影和叫声
湖水拍岸　鱼儿潜跃的波纹
小径与亭台　喧闹和寂静
芳香与暧昧　生长与枯萎
所有的　都是我的

但我　只想要你
你这黄昏中　温柔的孤独
在路边　与我相对
只一眼　已是三千弱水
不念轮回

今夜，我在金银滩[1]

今夜　我邂逅浪漫的草原
一个不再遥远的地方
四野寂静无垠
星光下　看不到
粉红的笑脸　动人的眼睛
只有海北人　酩馏酒之后
轻轻哼出
在那遥远的地方　有位好姑娘……

黑夜纯粹　星星亮得失真
置身在　曾经遥远的地方
那些平日里熟悉的
在今夜却变得遥远

---

[1]金银滩在青海海北州，是王洛宾笔下的《在那遥远的地方》，也是中国原子城所在地。

天空之镜

旅人鲜衣怒马　呼啸而来
如千万只鸭子冲进池塘
千万片枯叶掉落湖心
上天留给人间　这面巨大的镜子
被无数只喧闹的鞋套
搅动成　碎片漂浮的大锅

远处的雪山　脚下如雪的盐
千万年的安静　成了背景
地理课堂上听到的柴达木盆地
以及美丽的盐湖
还有祁连山　昆仑山
亿万年沧海桑田
它们的价值
竟是打卡

百里花海

接天的油菜花海
望不尽的金黄
穿插青稞的浓绿
给祁连山和达坂山
环抱的绵长土地
涂上世间最明亮的生命色彩
以及　收获的希望

菜花丛林　是神秘忙碌的世界
蜜蜂穿梭振翅　嗡嗡鸣唱
那不是唱给花儿的情歌
百里花海　不是蜜蜂们的欢场
采花酿蜜　只为它们肥壮的后
以及戴着面罩
不断打开蜂箱的养蜂人

一片红桦树皮

阳光下　它透出温柔的红
光润细腻　如仕女的片片罗衣
据说　有情人在树皮上
写下相思　心愿就能实现
红桦树　懂得
世间凡夫　灼灼的心事
所以　它们年年撕裂自己

我　也想剥下一片红桦树皮
写上文字　丢进山间小溪
流进大通河里
但我把殷红的树皮　留给了树干
让它变成　无人知晓的
无字天书

黄河之水贵德清

三十年前　第一次亲近黄河
彼时　黄河狭窄浑浊
在黄河上摆渡　颠覆了
"逝者如斯夫"的宏大想象

后来　又到过许多段黄河
河床嶙峋　河水干涸
从未找见过
想象中母亲河的神采

今天　竟走进清凌凌的黄河
震撼　惊喜　感动
无以言表
追溯而上　仿佛时光洄游
与年少青葱的自己相遇

过乌江遇彩虹

七小时劳顿后
不期而遇的是惊艳
是不可名状的欢喜
在乌江水的某个转弯处
在烈日即将落入
武陵山脉的时分　它
静静地横贯长空　丰满瑰丽
那是风雨之神　热烈缠绵后
留给人间的无限旖旎

岂不知　世间好物不坚牢
这匆匆一遇　回味绵长
不会徒劳　握住易散的彩云
只在心间　记取相逢的美好
以及　曾经眉梢眼角
都是欢喜的笑

天坑地缝中胡思乱想

置身巨大且连绵的大地裂缝
好奇　在我们不知道的远古洪荒
是什么样的力量
竟把她坚实的肌体
生生撕裂　变成她身躯上
一道道深刻的伤痕

沧海桑田　有多少生命湮灭
日升月沉　那些撕开的伤口
变成传说中的　鬼斧神工
太阳和山风　能晾干所有
血肉模糊　我们看到的风景
是昨天的剧痛

又见彼岸花

九月　又见彼岸花

恍若隔世

仿佛在时光里　泅渡了

几番轮回

去年此时　此处见到她

我对人世间　信心满满

相信　走散的人　终能重逢

失落的缘　定能再续

而花儿　早经历了

一场生死

与我们隔着一世的岸

桂花雨

一天一夜的冷雨
打湿了桂花香
湿漉漉　坠落如星矢
似未减少其芬芳
可最好的秋天
被连绵秋雨打湿
并未绽放

初十　桂花雨的夜晚
没有星星　也没有月亮
知道吗　雨夜的思念
比晴天　更绵长

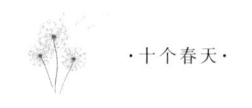

圣彼得堡的雨

莫名觉得　所有季节
圣彼得堡都下着细细黏黏的雨
涅瓦河　水面深沉
十二月广场上踏旧的清水石砖
高高在上的青铜骑士
冬宫蓝白色的屋顶
夏宫金碧辉煌的喷泉
以及　普希金雕像前
橡树的落叶　都湿漉漉的

匆匆路人　或许习以为常
我这过客　却在波罗的海边
对灰飞烟灭的时光
生出莫名怀想

我只是在异国短暂游荡

走过还没有黄透的

桦树和橡树的落叶

看见依然鲜红的花楸树

没有三套车的悲歌

也没有西伯利亚的寒流

绵绵的雨　偶尔惊艳的阳光

和蓝天白云　都带来适意

聆听教堂　每一刻敲响的钟

在心里　对每一个经过的

不同肤色的人　微笑　问候

我虽独自游荡　并无惶惑

因为　我只是短暂离开

心中装着你和家国

十月的孩子(一)

如同这个季节　经冬历夏

在十月里成熟　丰盈

十月的孩子

降临在年轮最美的一段

纵使有种子失收

仍有数树深红浅黄的精彩

十月的孩子

没有唐诗的宏大壮丽

却天然带着宋词的气质

高楼夜月　梧桐细雨

十月的孩子　不管多么衰老

都是可爱的　十月的孩子

十月过去　是肃杀与孤寂

路边旅馆等孔雀开屏

静静地　我看着你
等你开屏
等你展露绚烂的美丽

你并不在意
一个外人的目光注视
低头　抬头　扭头
发出响亮的喊叫
搜寻属于自己的目标
但我知道
即使你不开屏
我也会赞叹
你闪亮的羽毛
你不可替代的美丽

艾尔斯巨石[1]

并不想知道

它何时　以及如何

在这亚热带灌木丛

在土著人的红土地出现

如此突兀　让人着迷

我只是好奇

倘若它也是当年

女娲炼出的七彩石

遗留在此处的它

会不会有一天

也变成宝玉

让绛珠仙子

还它生生世世的眼泪?

---

[1]位于澳大利亚中部地区,是一块气势磅礴的巨大岩石。

爱丽丝泉[①]:异乡的夜雨

未起乡愁

亦无所思

忘记了已走过的路

忘记了遇到的人

只是醒着　只是听着

这异乡的雨

热带的雨　在深夜

打在棕榈的叶子上

打在独自醒着的夜灯上

噼啪作响

若有所失

---

①爱丽丝泉（Alice Springs），位于澳大利亚。

奥古斯塔港①:向西的河流

未起乡愁

离开欧泊石的梦幻

一路向南　一路无云

寻找这块大陆

与太平洋相接的最北端

这一年

从最北的北　到最南的南

从秋天　转回夏天

河流向西　季节倒转

风　依旧迎面吹

我在阳台目送的鸿雁

再未回还

---

①奥古斯塔港（Port Augusta），被称为"澳洲的十字路口"。

在埃斯佩兰斯①的幸运海湾②

到此处　海岸线变成弧形
海到了尽头　海浪回头
可后浪依然一波波涌来
拍打褐色礁石　洁白的海滩
如此朴素　又如此耀眼
宣说着希望与幸运之名

阳光下　海湾闪闪发光
不知道　希望与幸运
缀在哪一朵浪花之上
只看海浪去来
让海风迎面　让这天之涯海之角
无边的阳光　无尽的海水
填满前不见古人
后不见来者的悠悠之心

---

①斯佩兰斯（Esperance），意即希望，位于西澳大利亚。
②幸运海湾（Lucky Bay），号称澳洲最白的海滩，是世界十大最美海滩之一。

当年您离开故乡的脚步声

这里　您当年安静地
在火塘边读书的山冲
已变成喜气洋洋的
旅游目的地
每日重复的仪式
失去了它的仪式感

这里　再看不到
稻菽千重浪　英雄下夕烟
但我　仍努力倾听
倾听当年
您离开故乡的脚步
倾听你的空谷足音
还留在天地之间

雪夜虚构

子夜的雪　未停
我想用红泥炉
用旧年的木炭　煮一壶老米酒
再用炭火　点燃铜香炉里的香
假装　有人同我
踏雪寻梅　向火把盏

子夜颓坐
假装听见雪落的声音
假装想起王子猷访戴①
以及林冲的山神庙
想到脚印
将莹白耀眼的大地
划出鲜明的伤痕②

---

①《王子猷访戴》选自《世说新语》。故事介绍了王子猷雪夜访戴安道，未至而返，显示了他作为名士的放荡不羁、潇洒自适、豪放洒脱、率性任情的个性。
②此处借用阮义忠文意。

2018　春风扑面

春天,扑面而来

新的春天　就要来了
这个春天　被白雪洗过
她凛冽　却干净
昨天那阵猛烈的风
将旧年的叶吹得像受惊的寒鸟
漫天飞舞
枝头　慢慢不再沉重
为新一季的花叶　留出时空

春天　扑面而来
在她的彩羽之下
封冻的心事即将解除
将新的三百六十五个日月
认真编码
静待　和花草一起
焕然一新

雨水,等春风解冻

一大早　鹧鸪热闹非凡

风信子香气袭人

解冻的东风

在今天　变成了雨

天一生水　万木将葱茏

春天　真的来了

我不出门寻春　我更愿意等

等春风拂面　等南雁北归

等桃花千株　等杜鹃啼血

如果碰巧　你也和雁一起归来

我就轻轻地　牵你手

和你一起

河畔看柳　青青于野

最美是初见

不记得
初见　是否很美
但记得　分别很涩
月光　不会覆盖人间悲喜
一如白雪
不能填平心底沟壑

时光中　老了初见
我想　他日若重逢
一定认真说一声
珍重　再见
方不负　从前
茉莉花般纯净的
初见

烟雨桂林

从踏上桂林

雨就不曾停息

真的喜欢

和雨季一起到桂林

喜欢漓江的烟雨迷离

喜欢江边老樟树身上

湿漉漉的青苔　湿漉漉的香气

年轻人在西街流连

而我　在望江楼

与夜雨下的漓江　对坐

听山洪低吼　冲入漓江

桂林的雨　打不湿

明亮的记忆

漓江之上

大雨之后　江水浑黄
机器驱动的游船
替代了从前的竹筏

江风习习　摇动凤尾竹
也吹着天上的云　飘移变幻
云　从不停歇
天　如如不动
江水推着游船
往来穿梭　水流千年
岸　亦不动
切不断的藕丝
砍不断的江水
一只粉蝶　飞落在江面

印象刘三姐

对于爱　我还是老派观念
一双人　一叶舟　一个绣球
青山绿水　百年相约
想在漓江边　在茶山上
听她唱歌　看她抛出绣球
艳阳下　划出一道幸福光影

到处有她的名　她的歌声和衣裙
这是揽客的标配
同样被消解的
还有大榕树下的爱情
年老游客　唱起老掉牙的情歌
小声地　给自己听
臆想一些纯真

因为故乡

因为故乡
我留恋
这片面目全非的
土地

因为你
我收藏　印在故乡的
每一寸足迹
无计别离

父 亲

四月
你走过的路旁
野藤牵扯我的衣衫
桐花在阳光下坠落
茅草在暖风中飞翻
亲爱的父亲
我准备好了笑脸
你却
不来相见

谷雨,让青蛙回到蝌蚪

待满城风絮
待一川烟雨
待凌波绝尘而去

让青蛙回到蝌蚪
让横塘回到下雨之初
让你我回到初见时候

没有闲愁
没有无端锦瑟
没有梅子黄时候

且看雨生百谷
且种瓜
且得豆

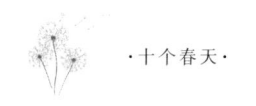

荷包牡丹

如此细小　娇柔
却浑身有毒
让人抽搐　神经紊乱
可它又能疗伤祛病
一如时而癫狂　时而温柔
难以分说的爱情

我们赋予它浪漫的名字
心生怜惜　仿佛它真是一颗
流着透明眼泪　易碎的心

哎　花儿只是花儿
有毒的　是凡夫的分别心

送　别

在这个不平静的人世间　你走过

整整七十年　从故乡到他乡

你接受时代赋予的命定

饱受忧患却风轻云淡

你用温暖和付出

赢得无数敬重　可我心疼你

没有人和你牵手

看家乡的月亮　看异乡的夕阳

愿你走好　回到那永恒的故乡

倘有来世　愿你步履依旧从容

愿你不再有漂泊　不再有病痛

愿你所爱得偿

愿你所愿皆吉祥

三过司空山

突然而激烈的大雨
遮蔽了山巅
向那片云雾匆匆一瞥
相信它已记取
我们空过的又一段流年

转过司空山
还是重重叠叠的山
春山如黛　飞瀑流泉
处处杜鹃　独自明艳
猛想起
早已荒芜的故乡
和戴着杜鹃花儿
奔跑的童年

巴山夜雨

初夏的雨

潺潺不绝

下出了秋天的意味

长江涨了

东湖也涨了

巴山夜雨

大概就是这样的吧

突然　想问问你的归期

别后

却无半点消息

姐姐们的城

更多时候
我们与一座城
一段时光的联系
源于一些人
或一次偶遇　一个惊喜

因为你们　这座城
让抽象的地名
有了温度
单纯的目的地
有了熟悉的街角
和风景
让往后的浮云流水
也有了冰心玉壶的挂记

我的三十年

暮光中　在此处
邂逅三十年前
那个陌生的自己
那时的自己　如何料想
自己今天的模样

三十年
石头墙未改变它的坚硬
来来往往的人们
谁在回望之际　能发现
站在未来　面目全非的那个人
是不是想象中　令自己满意的
真正的自己

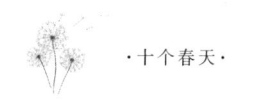

过　江

和故人对坐

时间的刻痕

变淡

笑看　过去与未来

汉水入长江

碧空清静

楼顶·种菜

在钢筋水泥的

楼顶

没有苏东坡

没有陶潜

只有种子

在月光下发育

在低头

与诚实的黄瓜苗

对视里

看见父亲

淳朴的流年

风过荷塘

在去年的树荫下
与同一池荷花　对坐
水风清　花和叶
其实都是新的
烈日和旧时光一起
被挡在眼镜之外

风过处　一池盈盈
似那些去年没来得及
对你说出的　亭亭的语言

一些花瓣　轰然落下
葱郁的记忆　被包裹
结成莲子　碧绿的心

暴风雨天气,只谈妖精

友人在西湖边　于是我们
谈起了白娘子和小青
今天是个好日子　适合谈妖精
虽然我们知道
这世上本无妖精
妖精　都长在男人的心中

突然闪电劈开正午的安宁
雷声低沉　滚过树梢
大雨似泼　是大妖精在渡劫
还是又一波小妖精
要来人间　测度
凡人的真心

涨　潮

潮头涌过来时

把石块还给海水

将脚印留给沙滩

让巨轮驶向更远的海洋

浪会带走一切

藏在海的深处

如果　太阳在海的东面升起

我不在海风中说话

怕一不小心

说出你的名字

惊动海底深处

那个舍去了舌头的女孩

再一次化成泡沫

反　向

反向而坐
未来在脑后
反正前路
差不多已命定
而反向坐着
看得到来时的风景
如回忆被延长
虽然
也回不去

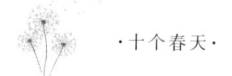

月夜望泰山

这月光照亮过登泰山而小天下的
万世师表　一览众山小的诗圣
照耀过始皇帝以及他之后的帝王将相
照耀过不可胜数的有名无名的人们
以及山间的松涛泉流

名垂青史的人早成烟云
某一天　超过20亿年的泰山
也会崩塌　在看不到的将来
40多亿年的月亮也会化为齑粉
时间停止　只剩寂静
弥散在　无边无际的虚无中
望月下泰山　一些块垒
慢慢消融　举头
惟天在上
夜色清明

禅庐一夜

这一角　除却秋风与秋虫

无人来扰

初六的月牙

早早隐去　如一些相见

风月无边　又无比短暂

虫鸣的节奏　起起伏伏

明镜台也罢　菩提树也罢

运水搬柴也罢

听一夜　迷一夜

似有所感　却忽明忽暗

依然不清楚

是否错过什么　放不下什么

这一夜　松风过处

一树心情　簌簌坠落

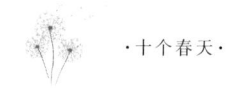

中秋夜

桂花和月亮
是这个好日子的标配
细雨　适合深秋
思绪若有若无的夜晚
但这个中秋节
没有月亮　没有桂花　没有细雨
也没有被打湿的桂花香

今夜　依然有秋风
吹动桂花树叶
如果你走过　你会听见
满树摇摇欲坠的
都是思念

国庆节,在一棵桂花树下睡觉

国庆日　天晴和

如举国之心情　借农庄一角

在一棵丹桂树下小睡

秋风如温柔手　摇动桂树

空气里香甜漫溢

脸上秋阳摇曳着花影

在田园鸡打鸣　觅食声里

在垂柳拂动秋水的荡漾中

浅浅睡去

落桂花是温柔的金雨

星星点点洒在身上

梦被香气深深浸泡

拂之不去　如我骨髓里

浓浓的对祖国的祝福

紫鹊界

莫名的　就喜欢这个名字
天然透着远古而来的仙气
也许　这里曾经是
牛郎织女的幸福家园
也许　有炼丹人在此得道
狐仙　成功渡劫
各路神仙在此结界
紫气缭绕　喜鹊环飞

紫鹊界
山山岭岭　层层叠叠
道道梯田　顺着山势蔓延
两千年来　越爬越高

那是织女的后代们
登天的阶梯
也是皮肤黝黑的农人
给大地梳出的

一道道　长长短短
深深浅浅　彩色的发际线

在这个秋日的正午
阳光照着紫鹊界的
秋树　秋田　秋稻米
人间的烟火　从黑瓦屋顶
袅袅升起
如果可以选择
我想　在这里度时光
和你　男耕女织
不问清规戒律

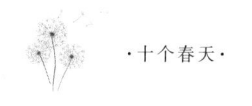

十月的孩子(二)

我　喜欢十月

喜欢自己　是"十月的孩子"

仿佛这样　自己便像这个季节

空山新雨　桂魄初生

中庭地白　芦狄花飞

十月　东篱把酒　暗香盈袖

十月　也不妨万里悲秋

无边落木　不尽长江

十月　山明水净

好花独占一秋香

十月　时光匆匆如斯

秋风吹不尽的

是十月的孩子

秋月般的深情

西江苗寨：凡间灯火

凡间的灯火　本是天上星辰

落在人世　有温度的影

日暮苍山时分　柴门犬吠

为风雪里的夜归人

摇曳出一缕　橘黄的光明

今夜的灯火　似打碎的满天繁星

可它们　不再关心远行人和夜归人

在密集的招牌下

在暗夜里闪烁

成为看客赞叹

并迅即忘却的风景

落入凡尘的事物

命运　大抵如此吧

西湖山水

这个深秋　我来寻旧游
希望　西湖山水还是从前模样
白娘子在断桥边　遇到许官人
诗人在月下　寻觅山寺里的桂子
绿杨阴里　走过白沙堤
山外的青山　楼外的朱楼
水光潋滟　抑或山色空蒙
都美得恰到好处

江南深秋　草木未凋
西湖的山水　依然美丽
老去的岁月　都写在
那一汪　开始憔悴的
碧蓝里

爱晚亭

现在　寒霜尚未凝结

枫叶　还泛着二月般的绿

上山的石径很平缓

望不见　白云深处的风景

在爱晚亭前　找块石头

坐下　只为感受

久远之前　你在此留下的心情

和坐看满山红叶的姿态

时间流逝千年　若没有你在

岁月便是岳麓山中

那眼清风泉

泉水覆满时间的枯叶

再无流响

君幸酒[①]

不会喝酒　却喜欢这名字
刻意忽略它的本义
想象着君幸酒的面目
比如　洞房花烛夜
红酥手黄縢酒
举案齐眉　相敬如宾
比如　侠客壮游
五花马千金裘　满楼红袖招
醉卧沙场　大漠孤烟直

比如　客舍青青
劳燕分飞　儿女共沾巾
比如　久别重逢
鬓泛霜花　执手相看泪眼

比如　种豆南山下

[①]君幸酒：本指长沙马王堆出土酒器，是木胎斫制漆耳杯。

荆钗布裙　粗茶淡饭

比如　柴门犬吠故人来

绿蚁新醅酒　红泥小火炉

君幸酒

斗酒诗百篇

莫再樽前独醉

君幸酒

问君此去几时来

来时莫徘徊

我有好酒相待

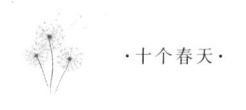

郴州踏莎行

郴江幸自绕郴山,为谁流下潇湘去。

——秦观《踏莎行·郴州旅舍》

我来此　却不知
哪一条是当年的郴水
哪一座是当年的郴山
心念　早被尘缘误了

早不是孤馆寒灯
不用等鸿雁传书
十月初二　没有月光
郴江水　依然流向
日渐消瘦的潇湘
暗夜里　流淌的江水
和失去故乡的人一样
到哪里　都是他乡

时 光

对时光流逝

起初不甚经意的我们

某一天　开始感叹

时光残酷　肉体衰退

至亲至爱的人

逐渐多了不辞而别

世界越来越年轻

我们越来越力不从心

但时光　依然值得感恩

它　沉淀过往

纵使未来必来

纵使所有的希望

在时光隧道里　明明灭灭

明天　始终闪烁着恒有的光

风信子

春风还未吹起
她的信使就来了
在冰冷的雨
和阴暗天色之下
风信子　明艳地开
一如我们　对春天的
迫不及待

愿　它带来的　都是好消息
愿　新的春天　如她的信使
热烈缤纷
装点我庄严的国土
有情的人间

雪花飞

终于　在湿冷晦暗的午间
是雪片在飞了
人们顶着锐利的风
低着头　急促地走

所以　没人看见
那一片一片
纷纷的雪花里
有一片
是被旧年撕碎的灵魂
从虚空落下
却再也不能
还给虚空

岁末清晨大雪

清晨　突降一场大雪
其实　如果不那么
细细思量　你会觉得
生活待我们不薄
正如这个　突降大雪的清晨
如果不看　蜷缩的流浪狗
以及　马路边步履艰难的行人
抬头　看漫天雪花
它们　洋洋洒洒
把并不完美的天地
点染得洁净　诗意纷飞
就会忘却　寒冷
与前路的湿滑

2019　谢交之春

这个春天[1]，带着人间烟火的味道

这个春天　似乎有些性急

循着除夕里　人间最浓重

最温暖的烟火味道

带着非同一般的吉利

在阴沉的岁末　降临大地

即使寒意浓重　也不能淹没

她欢欣的脚步声

贴一幅大红春联

插一枝春梅　静候春天

期待　山水抖擞精神

抹去旧岁暗影

以终为始　从故得新

---

[1]2019年2月4日，立春日。古语云：千年难遇龙花会，万年难遇谢交春。正月初一碰上立春，叫龙花会，大年卅夜碰上立春叫谢交春，非常难得，因而吉利。

下福州:做个有福之人

我今来这有福之城　告诉自己
从明天起　做个有福之人

从明天起　关心健康　从身体到心灵
从明天起　做个有福之人
忘记世界的不好　不完美
爱一切好的　美的　人与事物

从明天起　做一个有福之人
虽不能面朝大海
春来了花一定会开
四季轮转里
总做一个　有福之人

大寒里,酝酿着新春

大寒　是冬天最后的姿态
大寒里　酝酿着
一个新的春天
就像太阳会融化冰雪
山穷水尽的时候
总有柳暗花明

今夜　煮一壶老茶
与冬天干杯　和解
然后　静待新的春天
和红梅一道　披着
蜡梅的幽香　归来

青城山下白素贞

也许　青城山下
根本就没有过白素贞
她只是一个传说
映射着数千年来
人类心中
堆积的爱与忠贞
背叛与怨恨
因此　世上可能也没有
织女　仙狐　小倩
和各种妖精
只有一个一个　一代一代
奋不顾身的女人
以及内心摇摆的男人

迪拜塔

纵使身高千尺
势入浮云　又如何
青天不会被刺破
日月照常东升西沉
它无法截住

纵使钢筋铁骨其外
奢华梦幻其内
斗酒千金　蹙蹀佳人
又如何
岁月如刀
一样秋草黄沙
风满楼

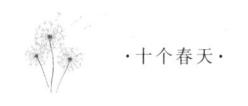

云上东升

在云层之上　在茫茫太空

本无东西之分

太阳一寸一寸升起

霞光将云层染成炽热铁流

千万道金线　射向四面八方

突然　它喷涌而出

光芒不可直视

照彻目之所及　所不能及的世界

云和天空　耀眼光明

这是光耀万古的太阳啊

这令人忘言的时分

不冲上云霄　怎知日出东方的壮丽

世界无边无际　默诵

见日之光　天下大明

邓丽君的下午茶

美坪酒店　　1502室
摆满她最爱的百合花
照片上影像中　　她依然笑得美丽
空气里　　流淌她甜蜜的歌声
在这里　　时光仿佛停在
那个留存我青春和忧愁的年代

隔着屏幕　　我们凝视
她的一颦一笑　　她的精彩
她的谢幕　　透过下午茶的氤氲
我想知道　　如果一切重来
她可否会将　　她的十亿个掌声
交换一个　　白首不相离的
现世安稳？

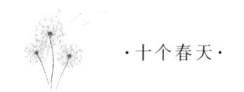

倒春寒,仿佛冬天留下的孤愤

这个春天
仿佛冬天留下的孤愤
经过它的时光
走成了一道暗语
夹带湿漉漉的
心事　欲言又止
时隐时现又　遥遥无期
帘外依旧潺潺
揽雨成丝
也缀不成春梦
纵使温三杯好酒
抑或撷一朵新花
总难消这一怀旧恨般的
阴冷

车过田野

一路　向南
晨雾若烟　春雨细柔
闪过池塘　树林　红屋顶
村庄宁静
蓄满水的春田
住着青蛙和它的孩子们

电线杆留出天空
给紫燕写五线谱
油菜和麦苗的田野
低缓的丘陵
安静地苏醒
即将爆发
万紫千红的欢欣

感受春天

我想和你　在暖阳下
用眼耳鼻舌身意
感受　春的色声香味
春的触法
感受春山　春花　春田
崭新的光彩

二月风是温柔手
白发不会返青
紫燕会归来
有你一颦一笑
共你一蔬一饭
色与空　新与故的轮回里
四季都有春的光明

老　桥

田野日日返青

时间框架里　还保留着

前世记忆

所以　不必等到杨柳岸

晓风残月

此刻　你要踏着春光

款步而来

你看

在桥那端

油菜花

开得明目张胆

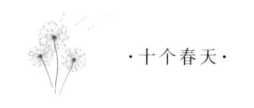

势不可挡的明亮
——献给"国际幸福日"

第一声春雷　很轻

春雨和睡梦　一起被唤醒

匆忙的雨水

滋润不了所有树木和花草

没有所有人都幸福的世界

没有每一刻都幸福的生活

人生实苦

我　愿你幸福　越来越幸福

我相信　世界这么大

总会有一些温暖　一些陪伴

是留给你的

雨后阳光　势不可挡的明亮

洒进每一扇打开的窗

春分之后

春分之后　属于春天的日子

越来越少　燕子还没消息

桃花　樱花　成梦里落花

晓南湖边　柳芽儿

长出　长长相思眉

四月　飞絮在黄昏雨后委地

五月　杜鹃鸟整夜哭泣

微雨的日子　在落花前独立

然后　像一棵树一样

等下一个轮回的春的消息

虽然我多么希望　她剩下的花叶

落在我　这一季的怀抱里

夜之樱花

如果你和我
在同一时空
那么　让我们偶遇吧
在夜樱树下　在五重塔前
不要嫌弃灯光俗气
也不要担心夜雨淋湿头发
如果担心人群拥挤而错过
你可像许仙一样
带上油纸伞
当夜风吹落樱花如雨时
你可以收集一些
透着嫣红的
春天的眼泪

落　樱
——悼友人

你　和清晨忧伤的雨
一起坠落
像是春天
流下的一滴胭脂泪

大地　唤回她的女儿
花魂和鸟魂
留不住你
但春风
已永远记下了
你在人世间
努力舒展的美丽

观熔岩流

我想象　千万年之前
这些坚硬嶙峋的印迹
是何等恣意　炽热
岩浆从最深的地心　喷涌而出
摧枯拉朽　不可阻挡
将自己的身躯　灼烧成
一道道　赤色的狰狞

时间　扮演了最理想的冷却剂
当最后一缕青烟散去
那些热烈　便凝固成
这黑色的　沉默的坚硬
如条条疤痕　深刻大地
挥之不去

芒种,开到荼蘼

花事　已开到荼蘼

昨夜的暴雨

浸泡过栀子花香

和细柔的芒和刺

盛夏　当风吹过

让那些

努力成长的

稻黍　柔顺地

挨在一起

在蛙声里

看萤火虫翻滚

流星坠落……

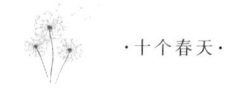

夏　至

北半球夏至

最长的白昼

南半球冬至

最短的白天

人间同时炎凉

一如东边的日出

和　西边的雨

阴阳生灭　寒来暑往

东隅和桑榆

世间事

无非一体两面

不必细细思量

且随清风蝉鸣声中

徐徐　过荷塘

南山之南

若不是　时间太匆匆
若不是　距离太遥远
我愿意
在这南山之南
面朝大海　沐浴阳光
不问晨昏
直到
天地澄澈
莲花开遍

我走了
放您　在心里

听见故乡从前的雨

被滴答雨声敲醒　有一瞬间
以为是在初夏的故乡
泥泞湿滑的田间小路
雨水没过秧田的顶
长腿鹭鸶总低头寻找小鱼
塘边伸手可及　又遥不可及的
是荷花和逐渐饱满的莲蓬

顺着那条小路　远离了故乡
而故乡的秧田　荷塘　鹭鸶
和走在田埂上的父亲
都成了回忆
常想不起　故乡的模样
在楼顶　种些不接地气的蔬菜
仿佛　连接故乡和父亲的媒介

长夏夜·听雨

急速坠落的雨丝

将夜

无限拉长

布谷鸟封锁了它的喉咙

醒着的灵魂

被打湿了羽毛

夏至

梅雨至

君未至

长夜

听雨

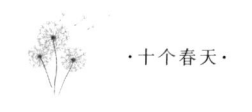

星辰大海

云层之上　有多少

来自　光年之外的星辰

云层之下　就有多少

新点亮的灯

人间的星辰大海　温暖光明

星光　何时照见

第一个　流浪的身影

何人看见　第一颗

神秘的星辰

天上的旅者

地上的归人

都是宇宙中　明明灭灭

点点不变的深心

惠灵顿[1]百年故事展

一百年

一百个故事

风云际会　风流云散

而浏览

只用了一刻钟

回首　都是别人的

百年之身

于是　午夜

醒来时分

我原谅了

自己的

一无所有

---

[1] 惠灵顿（Wellington），新西兰首都。

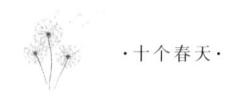

红　岩

涌动的蓝色背景前
这一堆红色　突兀黯淡
也许千万年前
曾是大海里　一粒鲜艳的
朱砂痣

你这古老的　粗粝的红色岩石
纵使把心炼成女娲的七彩石
把自己变成
天涯海角　海枯石烂
若无前世约定
今生　也等不来
看风景的人

彩虹之下

跟随季节

跨越一万公里

来到离彩虹最近的地方

听说　塘鹅刚刚飞过塔斯曼海峡

回归旧巢

同一片蓝天之下

彩虹　时隐时现

依然是遥不可及的虚幻

这世间

并没有什么

真的可以填平山和海

纵使有精卫的

勇敢

一些记忆,犹未封存

博物馆岛　有了新入口

柏林墙边游人更多

我走之后　这城市依然熙来攘往

也老了更多的人和事

下一站：动物园站①

地铁站　还是从前迷人的声线

还是熟悉的气息　比记忆更新

三千大千世界里　我们只是微尘

心中却藏着三千大千世界

写满　我们一生之中

走过的路途承受的苦难

看过的风景爱过的人

---

①德语原句为："die naechste Station: Zoologischer Garten."该站为柏林重要的火车站及轨道交通中转站。

菩提树种子的舞蹈

第一缕秋风吹过葡萄山
菩提树种子　如小精灵飘下
一枚又一枚　轻盈旋转
阳光很明亮　云很白
天蓝草绿　喷泉水花活泼
国王的磨坊还在转动
无忧宫[①]的球形屋顶
闪着金色的光

想拾一枚菩提树种子回家
老去的种子里　装着
我们来过柏林的夏天

[①]指德国波茨坦无忧宫。

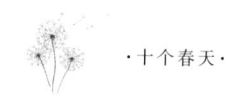

老师,好看的花朵还在开

那些　从篱笆外经过的柏林人
可能不知道　这里
生长着　非同寻常的美好
每年　环街83号　二楼阳台上
来自我家乡的牵牛花
吸收柏林的阳光和雨露
安静而热烈地绽放

老师　你三十六年前播下的那些
来自异国的种子　开出了
理想中　最好看的花朵
夏季过去
好看的花朵　还会继续开

阳光透过玻璃花窗

阳光　透过玻璃花窗
祈祷者和观光客
仰望并沐浴着宁静的斑斓

教堂之外　霍恩索伦大桥
挂满同心锁
巧克力博物馆依旧
迷人的香甜伴随莱茵河缓缓流淌
当现世安稳
在神的面前　驻足
不知人们之所祈求
除了爱情这永恒主题
还有什么样的愿景

布鲁日①的雨

打开客舍旧窗

看突如其来的冷雨

滴落在运河　老石桥

以及小巷深处

河水幽深

小石桥　朴素如初

想撑一柄油纸伞

在初秋细密的雨里

沿千年石板路　飘然而过

只是　旧时光已如此遥远

贝尔福钟楼②雄浑的钟声

敲打出的思绪

岂是　江南丝雨里

丁香一样的轻愁可比

---

①布鲁日（Bruges），位于比利时西北部。
②布鲁日的标志性建筑，建于13-15世纪，象征自由与权力。

给华夫饼加点黑巧克力

喜欢布鲁塞尔

不是因为无拘无束撒着尿的小于连

不是因为被雨果赞美过的大广场

也不是因为欧盟总部

抑或是凯旋门　大皇宫

我喜欢的是

闻着老街上香甜四溢

烤华夫饼的味道　闲逛

喜欢看被华夫饼愉悦的各色脸庞

我喜欢加黑巧克力的华夫饼

如理想中的生活

甜却不腻

苦也不涩

纯粹　且充满回味

大雁从风车上空飞过

大雁　在风车上方鸣叫

它们飞得很低

云层　也很厚很低

数百年的风车

已从小孩[①]　站成历史

大雁　追随自己的宿命

年年从它们上方飞过

如旅人　踏上归途

在芦花飞白　空旷的暗夜

风车　是否会嗅到

属于它们的伟大时光

在慢慢朽去

[①]此处指荷兰·小孩堤防（Kinderdijk）。

如果，世间真有桃花源……

如果　世间真有桃花源
那一定是此时　羊角村①的模样
绿水环绕　时间静流
金色夕阳中
绣球花　安静地盛开和凋谢
没有鸡鸣与犬吠
只有芦苇屋顶
清凌凌的倒影中
户庭无尘杂　虚室有余闲

做不了陶潜　但这一辈子
所有的寻觅　都为回归
最后的田园　在静谧里
揽清风明月　把一身俗尘洗涤

---

①羊角村（Giethorn），位于荷兰的美丽村落。

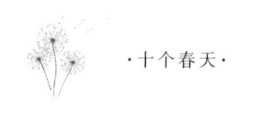

一切都在,唯时光不再

　　老桥城堡喷泉　雕像
　　教堂　大学
　　骑士之家　学生监狱
　　以及广场上的熙来攘往
　　哲学家小径依旧安静
　　内卡河依旧缓缓流淌
　　似乎　一切都在
　　宛如昨日模样
　　只是　我知道
　　时光不再
　　心亦不在
　　在所有的美好里
　　我们都是过客

在衡山虚度时光

我来此山间

不去大庙　烧香祈福

只想　晨间沿梵音古道

用指尖　感受摩崖石刻

哼着　荒腔走板的皮黄

趁太阳还不猛烈

汲寿佛泉水　泡自己摘的野茶

乱翻书　虚度美景和良辰

到夜晚　与峰峦对坐

吹山风　沐浴明亮星光

在虫儿细细　密密的呢喃里

昏昏欲睡

不念　秋意渐起　老已至

雁去衡阳　再无消息

国庆节闻稻香

稻花香里　我祈愿

萤火虫飞回田野　荷塘清澈

小溪蜿蜒　蝌蚪和小鱼虾

游回梦里的童年　裸露的山岗

开满映山红　牛羊吃草

天空蔚蓝　白云堆成棉絮

丑陋干涸的河湖

碧波荡漾　鱼儿成群

村头　有老屋老树老狗

老者脸上　写满安详

那时　在稻菽千重浪里

要由衷地唱　我们的田野

是美丽的田野

九月初六的月牙

九月初六　低低的

夜空中　一弯橘色月牙

有些孤单　也有些陈旧

五十五年前的今夜

它是否照见　那间老屋里

昏黄油灯下　年轻的父母

以及他们怀中

对命运一无所知的新生儿

秋风　今夜转凉

月牙隐身　无边暗夜

将从前　变成无解的隐喻

在流光里　翻看业力写就的

命运的卦签

秋雁掠过黄昏天幕

那熟悉的　有穿透力的叫声
先入耳
然后　穷尽目力
才望见　一队秋雁鸣叫
变换队形　向着东南方
渐渐消失在　铅灰色的天际
桂子　还留有一些残香
今夜　不想酬高楼
只愿有长风万里　送它们到
宿命般的南方
可南方　是否有尽头
南北迁徙　何方
是它们的故乡

庸常的午后

午后　天空显出
一些秋季应有的蓝
凹凸不平的街边
电瓶车急躁地按着喇叭
油亮的栗子　在大铁锅里翻炒
空黏黏稠　嘈杂
忽然　一片悬铃木的叶子
径直坠落　贴上毛衣
斑驳的黄绿相间
展示时光经过的模样
这一个微小的艳遇
让庸常的午后
显现出一丝　泰戈尔般
静美的气质

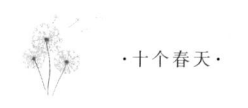

十月初三夜,登知音号

十月初三夜

一镰新月

几个故人

一江水

一条以时光之名的游船

靡靡之音的温软里

不相识的船客

假装风姿绰约

邂逅如花美眷

人散后　新月如钩

两岸的流光溢彩

突然安静

唯一江秋水

向东流

11月11日,深夜下起了小雨

11月11日

全民的狂欢

呼啸而来又呼啸而去

而孤单的人

被戏谑地放大了孤单

本该在今夜圆满的月亮

隐藏了行踪

后来又下起小雨

一丝一丝的

似乎是上天

终于对孤单醒着的人

起了些许恻隐之心

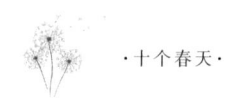

一片法国梧桐叶

要立冬了
那片法国梧桐叶
收藏了　足够的
秋天最后的暖阳
当寒霜降下
白雪纷飞
在虚空一样的深冬里
它依然会抬起
被季节揉捏得
百孔千疮的脸庞
绯红一笑

初 雪

寒冷

和潮湿

已抵达骨髓

白雪　依然遥不可及

甚至太阳

都变成了一个念想

心意方动

雪花　竟真的开始

飘洒

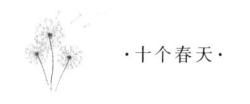

冬至夜

这是一年中
最长的一夜
天时物节
急急相催
不想睡去
在如潮的静寂里
细数蜡梅的呼吸
待朝阳生起
待春风吹
雁北回

2020　错过春天

这个春天,赋予生命特别的成长

春天来了!
此刻有阳光
斑鸠叫得此起彼伏
即将圆满的月亮
早早出现在天幕上
似也来迎接春天
这是充满温度
和光明的时刻
我们还有什么理由
不相信　这个春天
会一样美好
并且　这个春天
赋予了生命
特别的坚强与成长

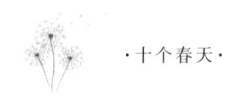

下广州:向暖时总觉人生美好

一直往南

天空明亮

山水葱茏

火车　把那些憔悴的田野

留在了冬天

扑面而来的阳光

容易让人相信

向温暖的方向而行

人生

充满美好

雪雹交加

若不是

有人在远方

这一片天空　怎会有雪花

像思念一样　纷纷落下

我想对这从天而降的　煽情之物

视而不见

那些轻如鹅毛的雪里

却夹带着

细小的坚硬

落地有声

比期盼更绵密

比绝望更冰冷

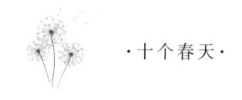

待春归

大寒日
冬阳　有弥足珍贵的
暖和明亮
斑鸠声声应和
喜悦在悄悄弥漫　增长
收敛了一冬的心绪
只需一场白雪来释放
冷到极致时　待春归
春风又一度
人　来自旧年
重开的花儿
朵朵都是新的

错过的春天,会回来

这个春天

注定错过很多风景

但春天　会回来

希望　从未停止生长

最好的时光

就是用来等待春天

也许　站成梅园那棵

独自开落的国魂

为下一季更美的相遇

埋下伏笔

便是围城里

最好的愿景

春分夜

入夜　海棠和桃花
在春风的温柔手中
掉落最后的残瓣
没有当时明月
没有彩云归
没有青杏小
也不闻人语声
只有合乎时宜的寂静
长庚星偏西
成昨夜星辰
这一夜　比昨夜短一寸
这一夜　思念
也会比昨夜　少一分

春天的幻有或幻无

风　轻拂所有枝叶
月季花　含蘩
开出斑斓的软
这真是让人沦陷
芬芳的季节
写给你的诗　落笔
在很多个春天之前
布谷鸟催着春天老去
落花　和　微雨
幻有　或　幻无
皆存于
你之一念

植树节,扦插一根桃树枝

今天　在春风和阳光下

郑重地插下一根桃树枝

认真加底肥　浇水

不知道

桃树是不是这样培育

虽然　也知道

合适的季节已错过

但依然期盼

用我一腔孤勇般的热忱

换得来年

一畦春风

暮春,是给你的诗

给你的诗

从春天开始写

都写好了　收起

不把世界打扰

你不展读

也不要紧

诗　就藏在暮春

无形之物

不会变质

雨打荷叶

老樟树夹道的水岸
湿漉漉的大风吹过
树冠噙住的重量
像千万吨失控的豆子
砸向静默的荷叶
嘈嘈切切　骊珠乱迸
犹如弦乐倍速演奏
半塘莲叶　似受惊的少女
将捧在手心的珍珠
撒向水面　密密匝匝
漾出　一圈一圈
比心事更密集的波纹
鱼在水底　沉默不语
仿佛　老僧入定
忘了色声香味触法

喧嚣的大雨，曾是沉默不语的云

云在天空飘荡

却总沉默不语

化作雨　落在地上

如话语出唇

眼泪盈眶

隐藏的旨趣

一经曝光

便失了意义

云　依旧沉默

雨却喧嚣如注

你看　这个夏天

江河湖泊

都漫溢了

遗爱湖

在梅雨季

湖水　像思念一样丰盈

或真或假

这里　都是你的传说

一千年前　当这清澈的湖水

照见你　缥缈孤鸿影

是怎样的起伏荡漾

在这因爱称名的湖水里

我虽只是过客

也始终带着认真的笑

在想象的风景中　戴青箬笠

沐浴吹拂过你的湖风

走在斜风细雨里

与喜欢的人　相遇

英仙座流星雨

英仙座流星雨爆发之夜
想象　流星一颗接一颗
划过天际
世界　明明灭灭

从不相信　转瞬即逝的事物
能带来好运
纵有天花乱坠　也比不上
思念的人在身边　睡得安稳
流星的光芒
亮不过　黑暗中
温柔的眼神

正　午

远处　天空

没有一朵轻云

一行白鹭

在鹞鹰岩水库①的绿波间

安静地飞行

日头缩短了亭影

明山净水　花草含薰

有蝉鸣　有清风徐来

如果还有一个你　在身边

相看两不厌

此刻　便是人间

最美时分

---

①位于我国湖北省蕲春县,该水库为该县主要饮用水储备资源。

墙角烧纸的人

中元节　暮色降下之后

安静的墙角　成了烧纸钱的净土

烧纸钱的人　用粉笔在地上

画出一个一个白圈

在圈里点燃他们的思念　或祈愿

地上　火光幽暗

天上　月光明亮

火光照在他们脸上

月光落在他们背上

墙上　影影绰绰

娑婆无边　月圆月缺

当纸钱　变成一圈圈灰烬

哪一圈是遗忘

哪一圈是思念

微　醺

夜来香　在窗外

打起了瞌睡

樱花酒是粉红色宝石

甜润过客的眼眸

九月一日　崭新的日子

音乐　若有若无

如蝉儿最后的清唱

朦胧中　月儿将满

新果　成熟着

我久别的故乡

心爱的事物，依然自顾自美丽

走在九孔桥上

感觉　湖面突然起了

一阵小风　似乎

还夹杂几粒　久违的雨星

挤出一丝　秋天特有的凉意

漫长的干旱之后

这似有若无的雨

滋润不了　久旱的草木

而桥下的荷叶

轻摇满湖的碧波

心爱的事物

无惧季节的煎熬

自顾自地美丽

玫瑰酱

小友带回玫瑰酱

色泽深红诱惑

开瓶　砂糖一起熬制的花香

浓郁且甜腻　像被禁锢的欲望

慢慢地逸出　扩散

医生告诫说　我已消受不起

这诱人的甜蜜

而身体和味觉

似更适应苦瓜之苦

终其一生　未在生活中

学会撒娇　或撒泼

如今也失去了　任性的资本

还是郑重其事地

尝了一口小小的甜

不管随之而来

身心受苦

桂花开时,无法选择天气

从桂花开时起

秋雨就不曾停歇

酝酿了三百六十五个日子的　桂花香

总被打湿

桂花开放

不能选择天气

就像我们　无法拒绝

命定的遭遇

但冷雨　不能减损

她的芬芳

桂花　未辜负

来人世一场

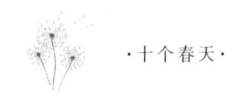

在月牙泉

彼时　阳光安静

芦花轻垂　骆驼行走在

鸣沙山　曼妙的曲线上

注视它　便忘却

漫漫黄沙　是时间粉碎的

火山岩　这一弯细小的泉

或许是　被困住的潮汐

回不去大海的遗憾

这安静的蓝

是否有大海或眼泪的咸

泉水之下　有没有沙漠前世的

惊涛骇浪　日月星辰

在阳关

算起来　已到过不少
古诗词里的关隘
吹过空旷的风　却不曾体味
羌笛怨杨柳
西出阳关无故人
崭新的阳关
纵然唱破四叠阳关　千千遍
也生不出　山长水远
历尽苦辛的悲凉
那些古老的情绪
存活在　古老的诗词里
以及　《阳关三叠》
断续的琴声里

在戈壁滩捡到两块平平无奇的石头

在戈壁上　捡了两块

扁扁的小石头　几道浅纹

和我在海边所捡

外表几乎一样

它们都是酸性火山石

我喜欢捡石头

河滩　海边　山巅

欧洲　大洋洲……

我喜欢石头们讲述

戈壁和海洋的前世今生

沧海桑田里　那一丛一丛

干枯的骆驼篷

也曾几度望春风

在胡杨林

即使　我可以分身

也看不完世间的

一切风景

纵然把所有颜色　穿在身上

也比不过大地的

色彩斑斓

所以我想　以本真的模样

和你一起　静坐须臾

看最美的秋风

吹拂最盛大的胡杨林

为我们镀一层金黄

那　将是漫长季节

给予的最好奖赏

徽州梦

其实　我也不是一定要到徽州
只是想找一个有故事的地方
在古旧的背景中　名正言顺地
做俗套　有质感的梦
到了徽州
秋深　露重　霜未降
马头墙外　青石板上
我是我
梦还是梦
不见你
梦里梦外
醉眼蒙眬

晒　秋

多么喜欢　暖阳下
这鲜亮饱满的色彩
这黄澄澄的秋
可惜　我的季节
失收了
无物可晒
如果　这阳光再强烈一些
我想
取出心里的潮湿
择日晾晒

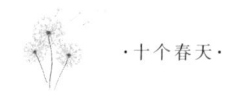

月　沼

泉水　从北山流下

变成一汪凝固的月

从前的夜里

安静清明的月光

顺着它弯弯曲曲的沟渠

流经每一扇　熟睡的梦

古人在池中见过的月

和旭日一起挂在天上

池水里　微漾着

红灯笼　和艳丽的游人

月的沼池　熙熙攘攘的影子里

过去　历历在目

眼前　面目模糊

秋天最后的夕阳

落日暖金色的光波
在长河中暗淡　十三夜的月
已渐圆满　最美的月光
不会辜负　最美的季节

这个秋天　比所有秋天艰难
就连稀有难得的细雨
也仿佛跋涉过　万水千山
但这个秋天　有更明亮温暖的秋阳
有更浓郁的桂花香
老天　用一丝善意
慰藉围城中的人们
凛冬已近　存一些旧念
不悲秋凉
唯愿
阴霾消散　冬阳温暖

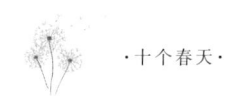

杜院长的啤酒

我们对世界的了解

常来自我们所认识的人

因为精于啤酒酿造的你

才知晓　啤酒的世界

竟如此丰富

每一朵啤酒花

都有它的前世今生和个性

每一种色泽迷人的液体

都有独特的口味

开启一只漂亮的啤酒罐

就是打开一个惊喜

把寻常　酿成百般滋味的人

都值得尊敬

初雪了无痕

一阵一阵寒风
多么猛烈
仿佛要把旧年的痕迹
全部摧毁
为冬的第一场雪
做隆重铺垫

所期待的雪　只在暗夜
敷衍数颗细小的雪粒
而落叶　掩盖曾经的狼藉
初雪　了无痕
所有不曾飘雪的日子里
那些期盼
虽被辜负　依旧美丽

2021　春风十里

看见春天新鲜的精神

这个冬天　云水湖结了冰
那些最寒冷的夜
让我觉得每一个明天
都遥遥无期
但现在　春天就要来了
风信子　蒲公英
比红梅迫不及待
窗外　远远近近　斑鸠在啼叫
唯在此时　我知道
阔别太久的春天
带着新鲜的精神
正自冬天走来
冬夜里的耿耿于怀
终将被春风
温柔化解

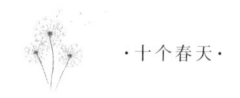

小梅岭

平缓的山坡上

树树繁花

赏花人与花一样多

春衫比花更鲜艳

人声喧哗

欢乐　显而易见

赏梅的热闹　虽不太符合

梅花被所赋予的品性与精神

但这喜气洋洋的春日

多么美好

浑然不见　上一个春天

厚重的惶惑与阴霾

又见梦冬花

天色暗了
它们便垂下
花序密集的脑袋
仿佛承受不起太多的心事
但它们
并不能把浓得化不开的香气
也藏进梦里
世人说
唯咳嗽与爱
无法掩饰
香气　亦然

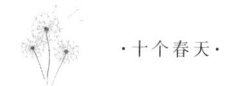

初三夜上弦月

在闪闪烁烁的霓虹下

总觉得　春风沉醉

最适合来形容

这样的夜晚

只是　当新年的第一弯月牙儿

从天幕隐去

霓虹停止跳跃

江面幽深黝黑

只有黄鹤楼

用它黄色的光晕

独自诠释

白云千载

是怎样一种

空空荡荡

看 展

看似　我们和那些安静的物件

只隔着一层玻璃罩

其实　彼此之间

隔着数千年

甚至　更久远的风尘

它们不言

自有力量

我说得再多

亦是空言

我们　没有可凝固的高光时刻

难言未来

也回不到初始

多么伤怀

雨水时节,种土豆

今日　阳光充足
春风温柔
大地敦厚
种土豆数颗
云腾致雨　天一生水
除草　松土
该浇水的时候浇水
该施肥的时候施肥
其余的　交给季节
不问收获
也不期待收获

听地铁站名的遐想,无关汉阳

AI女声报着站名
五里墩　七里庙　十里铺……
从没踏足过　却无端
喜欢这些带数字的地名
五里　七里　十里……
从前的人　心中有方向
脚下是可丈量的距离
每一步　都算数

十里长亭　阳光三叠
西风古道　鸿雁传书
而今　抵达多么容易
故人　乡愁
却失去了回望时
让人心安的意义

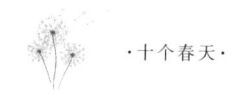

访知音公园

我　不太相信石牌坊后
圆形攒尖的土冢里
实有其人
不太相信流传数千年
动人故事的真实性
但我依然　对着土冢
恭恭敬敬　三揖
因为　我相信
遇见　懂得
是一种美好　所以
我始终记着　那年春天
你一笑
如春风十里
被阳光加持

落樱如雨

远去的人

不会从天的那头回转

掉落的花

也回不到枝头

但春天

总准时缀满　新的花朵

一代接一代　似曾相识

枝头的花　总是那么美丽年轻

不管　看花的人

明年　来还是不来

一阵风起　樱花灿烂地开

一阵风过　便落樱如雨

仿佛因果循环　又仿佛昭示

每一段际遇　自有意义

惊蛰下雨

下课后　沿桃山路往回走
雨丝细细的
桃花　樱花　海棠花
雨中安静地开
春天有春天的消息
惊蛰一到　各种动植物
都要露面被雨水冲洗
鹅卵石露出　隐藏的纹路
有人说　睡前要学着原谅一切
我没有什么需要原谅的
我和世界没有摩擦
春雨浸泡整个夜晚
你也看不出它深刻的褶皱

清明雨

我总是忘记翻动日历
不是我忘了时间在流逝
是过去　越积越厚
像一本厚书　翻过大半之后
就难以把它摊平
一朵牡丹
在夜里开了
先开的
已显出衰败之势
这些天一直下着雨
离我不到两百公里的老家
那坟茔里的亲人
好几位都比我年轻

花不语

鹊鸲　在别处
唱着自己的歌
我的花朵儿
安静伫立
沉默季节里
那些漫长的孤寂
在四月天　开出
斑斓的美丽
你看　这方寸之地
有同样的厚德
每一寸注视
它　都回以欢喜

芒种·在陶岔[①]

丹江水　从这里启程
开始遥迢的使命
汤禹二山脚下
麦子大多已收割
褐黄麦秆间　露出嫩绿的
黄豆禾　花生苗

路旁　桃子鲜艳
盈盈山水　阳光热烈
这个节气　带芒刺的作物
一些在成熟　一些要被播种
而我的家乡　再也等不到
长腿鹭鸶和萤火虫飞过
碧浪涌动
有蛙鸣的稻田

[①]指陶岔村，位于我国河南省南阳市淅川县。

花落的意义

如果　没有凋谢
花的一生便不完整
只有死亡　才赋予花儿
完全的生命意义
并还原　我们曾经
以及从未做完的一场
接一场的春梦
脆弱又短暂

当然　是否结果实
对于看花人　已不再重要
虽然这关系到花的一生
是否圆满
人们似乎习惯
越美丽的花儿　越不会结果
像极那些奋不顾身
又虎头蛇尾的　爱情

告　别

害怕也罢　不愿也罢
人生至此　越来越多次面对
纵使多么不舍
过程多么痛　多么漫长
都要学会"告别"
接受一场一场的离别
死别　生离　生死迢遥
尘世里不再相逢
过往已往
整理　感恩　铭记
死亡　只是肉身的终点
分离　是前缘已偿还
在此际　在彼岸
付出爱的人　被爱的人
不会被忘怀

死亡这件事

死亡这件事
对于亲人　对于旁观者
意味是多么不同
所以　各种仪式
各种悲伤的热闹
活着的人
叙说自己的感受　自己的心情
可谁也无法知道
死亡
对于　已死去的人
是什么感受
超度亡灵的道士
也无法
给自己念超度的经文

一位老式妇女的人生轨迹

旧时候妇女的一生
大约有两个高光时刻
一个是出嫁时
一顶花轿　抬着她离开父家
来到一个陌生的家
自此　她在陌生的族谱上
有了一个确定的称谓　某某氏
另一个是出殡时
一具漆得黑亮的棺材
抬着她离开自己的家
她的名字　在墓碑上
定格为某氏某老孺人

她的身份
由父亲和丈夫　给予
她的宠辱尊荣　贫富悲喜
则多半　取决于
她的丈夫和儿子

一代一代　文学作品中

伟大的女性

除了慈爱　勤劳

面目　表情

大多模糊不清

以至于　我今天才发现

我的七十五岁的老太太

原来也有她自己的名字

也曾是一个

插秧割谷特别得力的生产能手

一个偶尔急脾气　有点好玩的

年轻女子

听鹊鸲歌唱

五月　第一天的阳光
从契园的香樟和紫薇间
洒下来　安静而热烈的正午
没有游客　一只鹊鸲飞进来
在浓荫里
像歌德的云雀一样
对我歌唱
这是被歌德赞美的五月
是皆可期待的五月
在五月　花开荼蘼
相信　一切美好
将如期而至

亲爱的大奔和小米

亲爱的大奔

飞越武陵山　巫山　大巴山

亲爱的小米

穿过一幕接一幕

突如其来的大雨

奔赴文波楼前

这一场久别重逢的聚会

心中的人儿

眼里有星星

不惮于距离

不相忘于时光

山重水复

都是

喜悦　荡漾出的波纹

给简丹:珍惜这活着的肉身

暖香的风里　飘动着

去年一样的芬芳

一样的青草气息

连阳光

都以去年的角度　穿过梅枝

打在茶树上

我们　都老了一岁

同样的笑脸　同样的衣衫

青梅　在融化内心的酸涩

阳光是最好的治愈

纵然心伤　难以抚平

我们　还健康地活着

自由地走在风景里

就很美好　值得珍惜

珍惜这活着的肉身

这依然年轻的精神

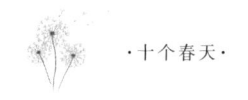

立夏,还有好看的花开

立夏日清晨　阳光灼热
石榴开得猩红
也许　无人会再问
春天的落花
但依然　会有
好看的花开　好看的云
大雨之后
江湖会丰满
天边的彩虹与流霞
是夏天里
我最想和你一起看的
风景

水蓝路公交车站

四周的窗户　早已黯淡
水蓝路上　那唯一的公交车站
灯亮着幽蓝的光
犹如宇宙深处
一只不眠之眼
偶尔　绿皮火车从旁驶过
泻出的橘黄色灯光
和它一样安静　恍惚
仿佛　它聚拢了
全世界的孤寂
又在暗夜里　将醒着的人们
置于其中　浸泡
菜园子里　千百只旱青蛙
也因此　停止了聒噪

听取蛙声一片

一入夜　那些旱青蛙们
在即将被建成高楼的
菜地里　恣意聒噪
仿佛　为它们又一天
平庸而满足的生活
作冗长的总结
恍惚置身田野中　只是
旱青蛙声　稍嫌粗直
少了记忆里
稻花香里说丰年
听取蛙声一片的趣味
绿皮车　在夜色中
安静驶过　和蛙声一道
宣说　从前慢

冰 雹

骤雨　狂风
炸雷和闪电　以万钧之势
从虚空中劈下
冰雹如密集的箭矢
从天而降
正午时分　天昏地暗
站在紧闭的玻璃窗内
听着雷暴交加
默默领略
大自然　令人惊恐的威严
突然　很羡慕老天爷
能恣意地　摧枯拉朽
倾倒心中块垒
纵使留下满世界的狼藉

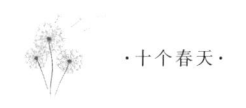

成都下雨了

成都　下小雨了
慢慢　走在被打湿的深夜里
街灯静默
想起那支歌
这座与我并无牵绊的城
忽然　有些贴近
灯　不会同时熄灭
玉林路走到尽头
向左或向右　都是玉林路
但　错过的人
不该再遇到
不愿再见的人
不会再见

宽窄巷子

尚未入夜
便已摩肩接踵
灯光氤氲
宽巷子　和窄巷子一样
拥挤　热闹
我害怕密集和喧嚣
想逃到灯火阑珊处
自由呼吸
跌跌撞撞几十年
我依然无法做到
如如不动
宽窄由心

像大熊猫一样活着

我们汗流浃背
紧贴着厚玻璃　观看
大熊猫们午休
睡姿显示着它们的
随心所欲
它们　活着就是价值和意义
所以　它们吃竹子
还有胡萝卜和蜂蜜
打滚打架卖萌
都有意义　都被喜爱
而我等
常被提醒　要寻找
生命的价值和意义

一笑美千年

见过许多朝代的

人形陶俑

唯有它们　来自东汉

表情和肢体语言

如此令人喜爱

隔着厚厚的玻璃

仍被它们快乐的笑容

深深感染

一笑　美了千年

要感谢　那一双

制造笑容和快乐的

粗糙的手

太阳雨

午后　炽热阳光下
密集　急促的雨点
突如其来　让人惊喜
来得快　去得也快
没有东边日出西边雨的暧昧
彩虹　没有挂上雨后天穹
酷热依旧
这一场太阳雨　多像那些
敷衍的话语
风过后
不留一点痕迹

立 秋

还未来得及在苦夏里　缓一口气
猝不及防　又秋天了
近黄昏时　湖边起了大风
夹道的悬铃木
把过早衰老的叶片
像夏天的头皮屑一样
洒在行人肩上
四下里　似有木叶动秋声之感

甘心或不甘
季节按它的节奏转换
该走的　终归不会停留
把夏天留在夏天
把收成交给时间
把你　留心间

七夕,被遮蔽的英仙座流星雨

阴雨之后
夜幕厚重　遮挡了
英仙座流星雨
从这片天空划过的
明亮闪烁
仿佛　老天爷
总在恰当的时候
表现他的仁慈与体谅
让幸福或孤独的人
有相同的遗憾
那些无从说起的心情
也不过是　八月里
又一场被错过的
流星雨

九月一日,又见彼岸花

彼岸花
在草间
安静地美丽
它见过我的悲喜

如今　我已学会
看花是花
抛开附会　彼岸花
和路边　遇见的
每一朵花
每一株植物一样
都在以独特的姿态
表述厚德之美

白　露

鸿雁来　玄鸟归
从春分到白露
我以染发膏
掩饰发如雪
却又想象
没有月光的夜晚
那些站得笔挺的芦苇
如何共白头

秋　景

我也想　以明亮美好的文字
表达对这个季节
对橙黄橘绿
由衷的喜爱
当一片悬铃木的枯叶
被秋风
旋转到脚边
就像对你的思念
总是徒劳委地
一时
这天上人间
艳艳秋阳
唯余萧瑟

白头之下

雪峰
就在眼前伫立
阳光映照着它
白雪覆盖的山顶
蓝天之下
银光闪烁
神秘而坦荡
因为那白头之下
寸草不生
此时　已忘言
为这一眼即永生的美丽
为走过的山河大地
不虚此生

淋湿杜工部[①]的,是冰冷的秋雨

这一次我来
成都下起了不小的秋雨
这雨　下得符合想象
到草堂
我希望不是锦水春风
不是春夜喜雨
这样飘洒的秋风冷雨
才与草堂相配
才能诠释杜工部
被人间困苦浸泡
却不改悲悯的
伟大诗心

[①]杜工部:指唐代诗人杜甫,其诗文集也作《杜工部集》。

天空是蔚蓝的自由

在海拔四千多的青藏高原上
云　很近　很近
尘世　仿佛就远了

车窗外　推着简陋小车
孤独的朝圣者
逐渐远了　越来越小
然后　消失在
无穷无尽
连绵的云朵里　融进了
那份只属于青藏高原的纯净
变成像自由一样的蔚蓝

天　路

从成都平原到青藏高原
道路热闹到拥堵
却也时常孤独到　如遗世独立
从一道山脊翻到另一座山头
在大地和云端之间穿行
绵延不止　感觉自己
那么高大　又那么渺小

在路上　所有的路
和天上连绵的白云一样
不知起点　不知终点
想来　人生也是如此循环往复的吧
只是　会以另外的形式
不同的面目
与你相遇

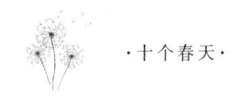

过海子山

一路上　那些
被几十万或几百万年时光
剥去坚硬外壳
形体不断消失的山
都是
我们眼前鲜活的　沧海桑田

一些山　正在静静地瓦解
另外的山　还在新鲜成长
所有的生命形式　此起彼伏
都将归于沉寂
方生方死　方死方生
还有什么　值得执着
还有什么　不值得珍惜

关于浣花溪的想象

我喜欢这个名字

喜欢黄四娘家

开满鲜花　蝴蝶翩跹的小溪

或者　女诗人在溪边

制作她的桃花笺　想象

春风锦水　流过草堂

诗书耕读　老妻稚子

没有战乱　没有离愁

一如今日浣花溪公园

随处可见杜甫诗刻

渲染出天府之国的安定

在缓缓流动的溪水边

谁念他　曾万里悲秋

曾百年老病　独登台

过康定城

没有爬上跑马山
也没有见到李家的大姐
和张家的大哥
但我想象着
从前的青草坡上
有一对对年轻的身影
那些美丽的眼睛　闪光的脸庞
就是情歌应有的模样
连带着　短短一瞥
便喜爱上这小小的山城
和雅拉河清冽的冰雪之水
以及河岸边　迎风招展的绿柳
将这座边藏之地
摇曳出　别样的柔情

2022　寒尽春回

阳光洒满新的春天

这个早晨　玻璃窗上铺满
暖色的阳光
斑鸠们　远远近近地呼应
多么熟悉　这属于春天的声音
世界还是那个世界　世界却已不同
崭新的春天　在黎明时到来
如此明亮　热闹非凡

那些雨雪　寒冷　阴霾
那些漫长的忍耐　都变成昨天
新的轮回已开启
在新春的早晨
将所有如冬天般的困锁
交付与春风
从此　脚步轻盈

初一梦话

旧年和新年

交替的凌晨

突兀地　听见了

多年来　希望听到的话

惊醒　些许茫然

些许释然

梦话　没有逻辑

却能让人自洽

老人说　梦话是反的

也很好

就当作新春的第一道暗喻吧

梦幻泡影　春花秋月

都顺其自然

等雨成雪

下午四点多　我们仨
坐在高脚凳上
身上还带着梅花余香
手里咖啡暖醇的香
透过玻璃　看雨滴落在街角
我说　要是再来一场雪
就更完美了
强强说　那就等雨成雪

等一场与白雪的际遇
如得陇望蜀但心情愉悦
毕竟　对于美好事情
或多或少的贪念
也美好

重读《苏东坡新传》[1]

都说　一千个人心中
有一千个哈姆雷特
一千个喜欢苏东坡的人
心里大概也有
一千个苏东坡吧

人们习惯于赞叹
他天纵英才　旷达的灵魂
不知几人曾体味他
"道大莫容，才高为累"
"经纶不究于生前"的落寞
红尘隔千年
如何能还原一个人
本来的面目　和不加掩饰的灵魂

---

[1]此书作者李一冰，以东坡先生的诗词为主线，展现了一个全面、真实、立体鲜活的苏东坡形象。

初五,接财神

据说　今年春节
所有的寺院和道观依然闭门
算起来　寺院里的接财神戏码
已有三个正月未出现
那时　常觉得争头香烧高香
唯心且幼稚　污染了空气
可今天　我却希望
寺院里　人头攒动
眼神炽热　香烛高烧
哪怕烟雾遮蔽天空
我还是要去宝通寺焚香
祈祷阴霾早日散去
国泰民安

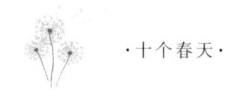

糖水鸡蛋

去看望老同事新添的龙凤孙
新晋奶奶　郑重地
端出糖水鸡蛋
洁白的荷包蛋卧在醪糟里
透着喜庆和甜蜜
有些惊讶　也有些感动
糖水鸡蛋　从前老家
庆祝新生命到来的习俗
多么亲切　又已陌生

仪式越来越标准化
老传统和人情味
越来越遥远
不期然间　这碗糖水鸡蛋
吃出了怀旧般的沁甜

元宵节,出太阳

太阳出来时

梅林中　一阵欢呼

人人脸上的笑

更加灿烂

仿佛这一冬的阴冷潮湿

都不曾发生　也没人在意

今晚　看不到

新年的第一轮圆月亮

人生多艰辛

已学会并习惯于

遗忘和宽谅

记取庸常中为数不多的好

日子便不会太过沉重

与荒凉

雨夹雪

这场突如其来的雨夹雪
应该是这个春天
额外的馈赠
虽稍纵即逝
依然让人开心
就像不期而遇
总是格外欣喜

雪后的风　格外刺骨
但毛茛已绽放出美丽
陪伴我　等春风化雨
等春天　爆发
生命之力

与万物一起荣枯

惊蛰一到　万物就苏醒
美丽的花草树木
以及各种昆虫动物
有用的和有害的
好看的和难看的
都会努力生长　又或者
美与丑　有用与无用
不过是人类的分别心

季节会消散于时间
过去与未来　皆不可得
只需和万物一样荣枯
用心接受这世界的本来面目
最美好的季节　就是
我想念你的　日与夜

春　谢

仿佛　春天才开始
阳光温暖又明亮

阳台上　毛茛渐次枯萎
小北门外
繁盛的白玉兰和紫玉兰
一夜之间　铺满了马路
时间的温柔手
谋杀着美丽
不可描述的沉默
消解了不知所终的
深情

湖边柳

晨间阳光里

白水湖荡漾粼粼波光

嫩柳枝如点点碎银

在水面上摇曳

蛙鸣　此起彼伏

水鸟恣意地尖叫

一只红嘴水鸡

悠悠然游过九孔桥的倒影

春天　真的来了

多么好

那些新柳　羽毛般轻盈

在掌中略作停留

又随风飘走　就像一些

留不住的温柔

春风起

在梨花轻轻的颤动中
看见了春风拂来
满园的桃花　郁金香
春天　繁盛而热烈
爱这春天
爱春风温柔
爱想爱的人
像紫花地丁一样
踏实地
活在这珍贵的
春天

春雷动

九点多　天色阴暗起来
轻轻的雷声在窗外响起
斑鸠叫得更欢
这是春天的
第一声春雷

阳台上　花儿都开得很好
牡丹有了第一朵花苞
春雷动　万物生
只等一场从天而降的春雨
便会春光如海
可雷声过后　满天阳光
也许　是天上的冬还没有解冻
老天　也流不出眼泪

春分,不再纠结新旧更替

春天　到此过半

早开的樱花

都已经凋零

突如其来的高温

给了植物们错觉

那些郁金香

迫不及待地绽放

在早谢的花朵上

春天依然艳丽热烈

几枝老去　几枝新

万事万物　皆如此

我对生活

从不过多纠结

春　眠
——兼悼"3·21"东航MU5735航班遇难同胞

国际睡眠日　在悲伤中
久久不能睡去
远方的生命急跌
那些没有回程的出发
残忍又真实
不知道哪一天　就降临到
毫无准备的人头上

人间　起伏跌宕
健康地活着　就是恩赐
人常说　除了生死
一切都微不足道
国际睡眠日　庆幸
还活着　还能
安稳入眠

春花开,见文波

文波楼前
海棠年年都是新开的
课间　波泰高速
九孔桥
总是拥挤而匆忙
来来往往

迎来送往
三十余年间
白发丛生
学生永远青春

三月,依旧是美好的春天

三月即将结束
已没有繁花锦簇的春天模样
这是春天
转瞬即逝的美丽春天
晚樱和郁金香
还在亮丽地盛开
我们　要替
再也回不到春天的人
好好看看

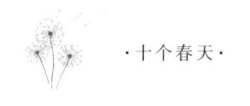

再见,亲爱的老师

亲爱的老师　夏天刚到柏林
你阳台上　牵牛花还没开
给你的邮件还没写完
想告诉你　有空去看望你
和你在阳台上　喝着黑啤
回忆往夕

再见
亲爱的老师　亲爱的朋友
不想告诉你　我彻夜的悲伤
和不能亲往送别的遗憾
也不想告诉你
三十九年前　你的出现
对于懵懂的我们的意义
但我想告诉你
没有你的柏林
我再不会带着笑容　想起

松柏镇遇雨

那些催动山头乌云的风
那些裹挟垃圾的骤雨
可能自远方而来
雨下奔走的人
有一些　也是新到的

风和雨　带走最后的暮色
在这个可能曾长满
苍松翠柏的平凡小镇
我们踏过中心街而来
陡坡上的油腻
一些突如其来的情绪
和云　和雨一样
不知所终
亦不知所起

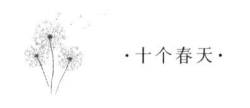

木鱼镇的白云

不知道
包围这个狭长小镇的白云
在这些山头上
停留了多久
哪阵风把它们吹来
又会是哪阵风
将它们吹向
我望不到的山头

阳光下
云朵如此耀眼　洁白
似无实体　却在山间
投下一片一片
浓重的暗影

大九湖晨雾

六点钟　水面深邃
雾像穿不透的薄纱
白天鹅们醒着
蛛网挂着一串串碎水晶
大九湖　是一场无边无际
润泽的静谧

然后　太阳升起
薄雾散去　人声喧哗
仙境　随之消失
山　露出它们的平淡
湖水仿佛是看不透的浑黑
刺眼与喧闹　是大九湖的日常
爱雾霭中的想象
也爱世界真实的面目

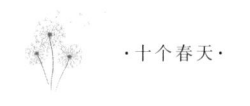

神农顶

我　没有登上神农顶
也许　是觉得
被盘山路切割的小山包上
粗糙的人造观景台
配不上　我想象中
神农氏的伟岸形象

对面　神农谷云雾蒸腾
天上　云团被风吹散
沧海桑田　大约就是
世间不知变换了
多少轮回
看风景时　仍能感到
云是淡的
风　也是轻的

路过昭君村

年少时　总想象
那个特别美好的女子
忧伤的泪水洒落香溪河
变成了一朵朵桃花鱼
今日　匆匆路过
来不及看美女的家乡
是否依然盛产美女
从前的想象　都变成了
老太太小秤下十元三斤的桃
和五元一斤的李子
如我少时　只能想象她的
"淡淡妆，天然样"①
不知道出塞之后
她所经受的"天苍苍，野茫茫"

---

①此句为曹禺话剧《王昭君》中王昭君的独白。

云海浩荡

在 12192 米的高度

天真的是虚空

绵密的湛蓝之下

云海浩荡

如此自由　无边无际

可我的心量

依然狭小

总想着有一日

和你一起

在云投下影子的

山山水水间

慢慢　走一回……

海市蜃楼

戈壁上　正午的热浪

像青烟一样升腾

青烟的尽头　波光粼粼

巨大的湖泊　绿树　小岛

细看　还有渔船和人

这是一个宁静的水乡

据说　当海市蜃楼出现

濒死的旅人会狂喜

奔向幻境　不知所终

只是好奇　一场为了虚幻

而下落不明的奔赴

是否也算得　一种壮烈

葡萄未熟

葡萄架　搭起八百米长廊
清凉　悠闲　葡萄尚未熟
没有特别的兴奋
也没有失望
毕竟　年少时的期许
早已模糊

吐鲁番　葡萄沟
向往了四十年的地方
想象　多半是一厢情愿
葡萄沟　有它本来的面目
想念的　不一定要相见
看起来　每一种距离和遗憾
自有它存在的意义

沙尘暴

在狂风和沙尘夹击下
偌大的车仿佛随时会被掀翻　掩埋
四野灰茫茫　只有沙漠风的呼啸
沙石拍打车身如此暴烈
所谓汪洋中的一叶孤舟
所谓渺小　无助
大概就是这样吧

张骞通西域
苏武牧羊
龙城飞将
唐玄奘过火焰山
黄沙百战穿金甲
大自然的威力　人类的渺小
勇敢与坚韧……
想象的画面　一帧一帧鲜活
越行走　越敬畏

交河故城

亲天气四十摄氏度　日光炙热
凝视脚下　比混凝土坚硬
又脆弱不堪的
生土的地面和房舍残骸
这些断垣残壁　都保留
倔强又日渐模糊的面目
不敢举步　怕踩碎
尘封两千多年的岁月里
它曾经的风云际会
它被迫走完的生命历程

不见了　它久远的秩序森然
城镇繁华　想必
只有坍塌庙宇中的那尊
泥菩萨　见证过一次
完整的　成住坏空

---

①交河故城位于吐鲁番市以西，是世界上最大、最古老、保存最完好的生土建筑城市，也是我国保存两千多年最完整的都市遗迹，1961年被列为国家重点文物保护单位。

可可托海没有海

可可托海　真的没有海
也未见牧羊人
写有"可可托海"红字的石头前
抱吉他的中年男女　深情嘶吼：
"山谷的风　它陪着我哭泣
我愿意陪你翻过雪山　穿越戈壁……"

车载音响大声播放　千里迢迢
来看可可托海　看那拉提草原
大约是　中年人倔强的浪漫
山谷里没有风
只有滚烫的呐喊
"心上人，我在可可托海等你"
如果再来　我会去瞻仰
记载共和国筚路蓝缕的功勋矿洞
满怀敬畏

边城布尔津之夜

暮光中一踏足布尔津
就觉似曾相识小小边城
有特别的气韵
布尔津河穿城而过码头上
黝黑的铜雕群背上驮着的
可是走过万里茶道的羊楼洞砖茶

庄重的老建筑烟雾缭绕的烧烤街
新奇的水果面包圈样的烤馕
大型套娃睁着认真的大眼睛
走在布尔津式的夜色里
即使它和汉口没有历史勾连
也让我有种意外相遇的愉快

喀纳斯蓝

第一眼　望见
那一道道难以描述
静谧的蓝
心　突然宁静
一路换乘的烦乱
拥挤喧闹的游人
烈日的炙烤　似烟消云散
那湖　那河　那三道湾
一个接一个的惊艳
世界上最美丽的水
都在这里了吧
真想融入其中
变成湖怪　也很不错

拜访"可克达拉"

心心念念的"可克达拉"①

铁栅栏紧锁　空无一人

周遭的夜色确实沉静

却让人难以产生美丽情思

"想给远方的姑娘写封信

可惜没有邮递员来传情……"

不禁一笑　如今邮递员是有的

可还有谁会写信呢

写给谁呢　锦书难托乎

忽然有些懊恼

见过"可克达拉"

歌曲中的浪漫情怀

有些散了

---

①诗中的"可克达拉",指"可克达拉草原之夜风情园",属于伊犁州霍城县可克达拉农场,是东方小夜曲《草原之夜》诞生地。

魔鬼城日落

总觉得

在这四季多风之地

如果有魔鬼

魔鬼也是孤独　荒凉的

但突然

有了这场盛大的日落

那些亿万年风吹雨蚀

沉默坚硬的土丘

瞬间有了无尽的

生命和魅力

看来　只要有太阳

东升和西沉

这世界

就不会太荒凉

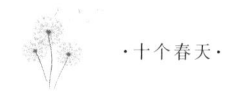

像薰衣草一样

走过霍城　则克台　那拉提
若问我对伊犁的印象
可能就是那一片紫
美丽温柔　馥郁深沉的紫

它让我想起
来自则克台的老朋友
想起她翩翩起舞
像百灵鸟一样唱着
"我走过许多地方
最美的还是我们新疆……"
她的美丽与坚韧
就像她家乡紫蓝色的薰衣草
纵使远离了故土
依然芬芳如故

那拉提草原的野花

黑森林的风涛云浪　遍地牛羊
都没激起我的游兴
我所关注的　是风中
微微摇曳的各色野花

没有野花　那拉提还是草原
马牛羊的乐园
但没有野花的草原　便没有了风情
酿不出甜蜜
如同天空　失去翱翔的雄鹰
野花草丛中　有最大最甜
最芳香的野生树莓
那是来自哈萨克族的司机
一个陌生人
最朴实的善意

出 门

被耽误数月的世界杯

终于结束

下午

出门走走

迎面或背后

时不时传来

发自肺腑的

咳嗽声……

冬 至

冬夜寂静

楼上 清晰传来

极力压抑而未果的

咳嗽声

看来咳嗽和爱情

并不一样

爱 可以隐忍不发

咳嗽

无法掩藏

2023　桃李春风

在这个春天,用力地自由呼吸

经过漫长等待
现在　这个春天
来了
我们终于挨过了
最艰难的冬天

我虔诚地诵起《慈经》
祈愿天公重抖擞
玉宇澄清
让我们　为这迟来的美好春天
为那些永远留在冬天的人
在阳光下　自由奔跑
在清新的空气中
用力地　自由呼吸

东湖观日落

当太阳落入山中　那一刹那
天地为之寂静
漫天绚烂　湖波微漾
天地之大美　四时之明法
就是此时此景来宣说吧

新年第一次看日落
以及　每一次看日落
都美好如初见
拍下的每一帧云彩　每一轮光影
皆言不及义般平淡
都比不上朴实的相见
为何人们却说
相见不如怀念

见初雪

一整天的晦暗之后

天空在子夜时分

撒下漫天的纷纷扬扬

裸露的工地

盖上了薄薄的飞絮

绿皮火车的橘色灯光

消失在乌幽幽的朦胧里

水蓝路公车站

夜灯更模糊

没有远山白屋

抑或风雪夜归人

只有雪花

不管人间悲喜

下得忽疾忽徐

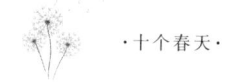

乡野深冬

被褐色包裹的白棉朵
贴紧铁棘般的枝干
干枯
未改它的温暖　柔顺
沙土地温润
蚕豆苗翠绿
阳光明亮
大地不言　厚德载物
只是在深冬
孕育出充盈的春意

沙坡头,沙坡尾

在沙坡尾　一块牌子写着
"宁夏——沙坡尾"
易拉宝的标识前
排队打卡的人
各种兴奋的脸
忆起那年在沙坡头
震撼于大沙漠的黄沙漫漫
此时　在看不见沙的沙坡尾
静默三年之后　第一次
被这有些空洞的热闹感染
世界　可能的确是一体两面
有头就有尾
万流归源　水有咸有淡
静极思动　物极必反

鼓浪屿

看来　是那首歌把我骗了
总以为它孤寂　遥远
事实上　它近在咫尺

老房子　琴的博物馆
迷你跨海大桥
日光岩并不高耸　天气晦暗
不适合眺望远方
坐在沙滩上
看小十一挖沙
看一队队中老年舞蹈爱好者
披大红长围巾　拍短视频
活色生香　歌舞升平

想你,在一纸时光里

即使
用尽时光所有的册页
以生花妙笔
写满所有的想念之词
要离开的人
依然会消失他的背影
所谓想念　大概就是
流云自顾自地飘远
阴影还长久停留
在原处

路过春天的原野

斜阳　拉长了一片片桃杏
此刻　我希望自己
曾有过许多前世
每一个前世　今生
都到过春天
看过　水田里呆立的白鹭
麦田上掠过的锦鸡
油菜田边　啃青草的老牛
还有水塘中　老屋的倒影

否则　这一世
一双脚　一双眼睛
如何走遍　春天的每个角落
看够　广阔原野上
那些明亮安静的　春天和四季

金山寺不是那个金山寺

法海　白娘子　许仙　小青妹
强权或天理　背叛与患难
爱恨情仇　水漫金山……
剧情演了几百年　到了金山
才知道　金山寺叫江天禅寺
金山寺没有法海和尚
阳光明亮　游人笑容轻松
暖风中　少了那一声：
青妹慢举龙泉宝剑……
江水退到看不见的地方
白素贞　再也不能水漫金山
金山寺不是那个金山寺
爱非爱　恨亦无恨
从此　人和妖
相安无事
不贪不嗔不痴

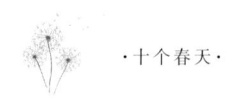

过常州

匆匆过常州

风雨阴冷　错过了

虞山书院　顾山红豆

还有古寺的

禅房花木深

驶过一大片一大片

明黄的油菜田

碧绿的麦田

和灌满的水田

才恍然意识到

这里　还是江南

就连高速公路服务区的墙画

也渲染着

渐行渐远的水乡风情

老同学

执手相看

浅浅唏嘘　满眼笑意

岁月给了我们

深深浅浅的刻痕

但我们

没有问彼此

我们所拥有的今天

是否就是

从前懵懂的我们

所向往的未来

童年时听过的地名

白池　管窑　南征　寒婆岭……①

您从小走过的地方

您从前告诉我的地名

对于曾经的我

它们　只是无关又遥远的地名

我不知道它们从前的样子

也不知道您曾在哪些地方

留下饥饿的脚印

所以　我一次次来

到处走到处看

想努力找见您的身影

和温暖笑脸

慰藉我　苍老的思念

---

①此处皆为湖北省黄冈市蕲春县地名。

风吹云动

飞机似大鸟漂浮

它不动

是飞机舷窗外　云在飞

看不见的风在吹

云下　隐约的山川大地

也不动　好吧

不是风动

也不是幡动

是灵魂飘摇

心在动

那似有还空的天

总是

如如不动

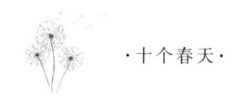

湄公河日落

一杯冰啤
敬群山之中的落日
敬闪光的河水
敬此刻　逝者如斯

太阳总在东升西沉
夕阳美好　每一次遇见
俱是唯一

一杯　敬我余生
愿走遍大江大河
立黄昏　看苍山如海
看残阳如血　不必有人
来问粥可温

布　施

待街灯暗去

晨光降临时

一列明亮的橙黄和紫红飘动

赤足的托钵者　迎着晨风

不疾不徐　由远而近

安静　从容

仿佛无悲无喜

又透着无言的包容

想来　天人师

在舍卫大城

率众托钵的情景

就是如此吧

有人说　这悠久的传统

已变成吸引游客的行为

可游客旁边　分明还有

许许多多

衣着朴素的妇女和孩子

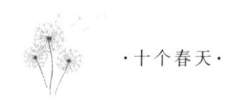

他们赤足跪坐

他们依然有着

风雨无阻的虔诚

一饮一啄　莫非前定

托钵也罢　布施也罢

看客也罢

他修他的行

我修我的心

梅雨季

我已不再频繁地
想起从前
所有的耿耿于怀
与心有不甘
像这个季节的洪水
终将消退
即使留下水渍的痕迹
又有什么关系呢
漫长的梅雨季过去
傍晚铺开漫天的绚烂
时光　自有它的坚韧
痛苦　无须人懂

东方山听雨

一整夜

大雨不肯停歇

我以为　故地重游

会有一些陈旧的心迹

被冲刷

可听了一夜的雨

我还是我

雨还是雨

无论它拍打在

精舍的小窗

抑或落在

依旧年轻的

东方山之上

遇大雾

仿佛　大地已消失
虽然结实的路　还在脚下
想体会失重感
想离开既定的路
顺着风的声音狂奔　啸叫
扑向缥缈不定的云雾里
但我只是小心翼翼地
探着路　生怕一步踏错
粉身碎骨

飘在空中　它们是洁白的云
落在低处变成雾
低到尘埃
便是万劫不复

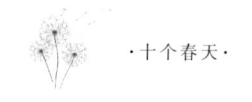

路过秋天的田野

列车向西　分开
明晃晃的斜阳　扑面
入眼　是那明亮的
金黄的稻田
我们美丽的田野呀
到了　最踏实的季节
无法用词句宣说
这毫不含糊的色彩里
饱满的力量
是多么动人

山中夜行

行走在山中　不觉山高
也看不透林深
无尽绵延
脚下的路　四周的山头
山头上渐渐合拢的乌云
都绵延出无穷无尽的包围
暮霭沉沉　这山中
多么寂静　没有色彩
只有轮廓
与夜色逐渐相融
我遗憾又庆幸
没见过这群山从前
未被涉足的模样

电单车

正午　初冬的阳光

透过梧桐树焦黄的叶

风尚暖　阳光迷人

电单车　穿过洒满阳光的

梧桐大道

秋风拂过夹杂雪痕的发间

那么轻快　仿佛未曾暌违

又仿佛见到从前

单车过长街的少年

逝者如斯

原来　记忆不会变淡

即使回不到从前

初雪,来得比往年突然一些

是子时已过
我惊喜万分
从前门到后门
在空旷寂静中嚎叫
在蜀葵叶片上
在茶梅花上　旧瓦片上
寻找这从天而降的惊喜
刺骨的冷　不值一提
其实　这一场初雪
突如其来
还如此敷衍
可又怎样呢
人间乐事
哪需要太多推敲

2024　春意绵延

这个春天,要更从容

这个春天　来得惊心动魄
踏着冬的一地狼藉
携漫天冰雪
似要将世间旧年的积怨
摧枯拉朽　留在凛冬
为我们画一个　稀有难得
洁白无瑕的春天
一如希望　总从绝望中盛开

没有挺不过的寒冷
只有等不回的人
珍惜庸常的日子
这个春天　要更从容
以终为始　从故得新
抖擞精神

寒雨,还要下一会儿

很少有冬雨
这么执着　没完没了
是要把经久不退的绿浇透
好在春天开出血红
还是把这一年中的不顺心
浸泡　冲刷
让人们在新的一年
添上龙一样的精神

寒雨中
送外卖的电瓶车
未减慢半分
拼命求生存的人们
从不在雨中矫情

他带走的,还有我们看球的青春

七十八岁　他①在睡梦中离开

那个英俊　沉稳的队长

那个伟大的教练　伟大的传奇

那些矫健的奔跑　阳光一样的笑容

绿茵场上的英雄　王者

那些看球熬过的夏夜

那些欢呼　澎湃激情

热血沸腾的时刻

历历在目　又恍若隔世

在安联球场　粉丝为他唱起

今夜无人入眠　他带走的

是坚忍不拔的英雄气

还有属于我们这代人

熬夜看球的青春和激情

---

①此处指"足球皇帝"弗朗茨·贝肯鲍尔(Franz Beckenbauer),他于2024年1月7日离世,享年78岁。

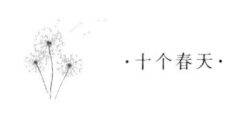

火　苗

有人用一星火苗

点了一支烟

然后点燃了两把火焰

最后照亮了折梅的人

火苗儿并未减损

世间因此多了一缕烟火气

夜空被划着了几分钟

如果有驿使

陇头人[①]　还能收到

来自江南乡野的

一枝春

[①]出自陆凯的《赠范晔诗》中的"折花逢驿使,寄与陇头人"一句。

大寒,要克服人间至冷时刻

有人说
前面四季里没有做好的事情
都要放它过去
记忆　也要清空存储
下一个春天　有新的生发
这　我是相信的

近十个春夏秋冬
幸未曾辜负
在这个大寒　将过往
作最后封藏　轻装简行
克服这至冷时刻
但凭真心
不问前程

春天前夜,雪雹交加

这个春天到来的前夜
雪粒子裹着冻雨
落地成冰
一整夜
此起彼伏的断裂声
干脆又惊心

这夜　极不平静
摧枯拉朽
一地狼藉
春天　仿佛成了
等不到的
风雪夜归人

再见与再也不见
——听春晚歌曲《不如见一面》

其实　兜兜转转
相见或不见
再见与再也不见
都无需执着
一生这么短
不必怀揣
太多心心念念

曾经以为　难以跨越的
山长水阔　彩笺尺素
望尽天涯路　不知不觉
俱已跨越
不相见　便是不相欠
再见不如只初见
人生　只如初见

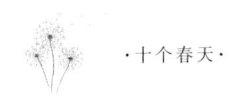

初五,是个好日子

今天　真是个好日子
财神与爱神
一同来到热闹人间
树上飘扬的红带
无不传达出
凡间最真实的祈愿
喜欢这样的　好日子
喜欢黄鹤楼公园
欢腾的龙狮
喜欢人们洋溢
信心与喜悦的脸庞
眼里有景　心中有希望
世间万事　不过是缘
缘起缘灭　无所住
不嗔　不贪

后记

十个春天之后，仍是春天

2024年2月14日，我完成了这本诗集的最后两首诗《再见与再也不见》《初五，是个好日子》。这离我写下第一首春天的诗，整整十个年头。

这一天，很特别。是传统的财神菩萨圣诞日，也是西方的情人节。从黄鹤楼下班回来，坐在阳台上闭目养神。天暖得有些突兀，乌鸫鸟无处不在的歌唱和远远近近的鹧鸪啼，仿佛小小的羽毛，轻轻掠过心间，暖暖的，软软的。春天依旧如此美好。

写诗，是一种记忆的方式，一种表达的简约。借诗歌的外形，将难以捕捉的情绪凝结下来。

虽然从小也算一个喜欢文学的人，但开始学习写诗是2015年初。在这个过程中，有几位诗人给了我直接的影响。

学弟李立屏是我写诗的直接启发者与鼓励者。我们与学弟杨慧一同在老图[①]、在珞珈山中回忆青春时光，在桂林山水中写诗，是一种保留着八〇年代情怀的纯粹的美好。

向天笑老师在他的公众号发表了我的诗作，并鼓励我要每个月至少写出五首诗。这是我的文字第一次有了朋友圈之外的读

[①] 此处指武汉大学老图书馆。

者，让我有了写下去的信心。

黄斌老师的诗，给了我寻找诗意的方法。记得在五祖寺，他手持一把松针，写出陶渊明的风骨，让我第一次目睹了一首诗如何诞生。

还有老乡耀旭老师，作为诗人的他曾给我写了一篇美好的诗评发表在《中南财经政法大学学报》上，对于起步如此晚的我，是莫大的鼓励。

此外，我的导师李敬一先生，他深厚的古典诗词修养，一直潜移默化地影响着我。

这本集子中收录的，多半写于路上，写于四季更迭之际。行至水穷，坐看云起，是旅行的最大乐趣，也是了解自己，认识自然与人文历史的最美妙路径。

为了这次结集出版，我以最笨拙也最实用的办法，将十年来的微信朋友圈发文从头到尾搜寻了一遍。这是一个让人惭愧也让人反思的过程，人，往往难以直面自己的愚痴与矫情。好在，回顾中自省，视野和心量随着年岁增长在逐渐打开。

这本集子，是送给自己六十岁的礼物，也是对上一个十年、对此前人生的回顾与释怀。李商隐云：世界微尘里，吾宁爱与憎。十个春天之后，仍然是春天。心怀感恩，活在这珍贵的人间，我对这世界、对春天，依然只有爱，无嗔恨。

2024 年 9 月 1 日于得月居